新奇特幻想故事集

绿 脸 人

高云鹏　于　涌　主编

吉林人民出版社

图书在版编目(CIP)数据

绿脸人 / 高云鹏, 于涌主编. -- 长春 : 吉林人民
出版社, 2012.7
(新奇特幻想故事集)
ISBN 978-7-206-09165-0

Ⅰ.①绿… Ⅱ.①高… ②于… Ⅲ.①儿童故事 – 作
品集 – 世界 Ⅳ.①I18

中国版本图书馆CIP数据核字(2012)第 149621 号

绿脸人
LÜLIANREN

主　　编:高云鹏　于　涌
责任编辑:崔　晓　　　　　　封面设计:七　洱
吉林人民出版社出版 发行(长春市人民大街7548号　邮政编码:130022)
印　　刷:鸿鹄(唐山)印务有限公司
开　　本:670mm×950mm　　1 / 16
印　　张:12　　　　　　　字　　数:90千字
标准书号:ISBN 978-7-206-09165-0
版　　次:2012年7月第1版　　印　　次:2023年6月第3次印刷
定　　价:38.00元

目录
contents

国王和麦子 ……………………………… ◎ 001

小凯蒂 …………………………………… ◎ 007

绿脸人 …………………………………… ◎ 011

西德里克 ………………………………… ◎ 015

吹短笛者和汽车 ………………………… ◎ 023

最重的人和最轻的人 …………………… ◎ 030

失踪的鼻子 ……………………………… ◎ 040

蓄长胡须的伯爵 ………………………… ◎ 043

士兵和白桦姑娘 ………………………… ◎ 052

小小口技家 ……………………………… ◎ 061

傻瓜城的傻瓜和一条傻鲤鱼 …………… ◎ 066

三个愿望的故事 ………………………… ◎ 072

门纳塞赫的梦 …………………………… ◎ 077

心想事成 ………………………………… ◎ 085

扁片人斯坦莱 …………………………… ◎ 095

瘦马骑手 ………………………………… ◎ 103

目录
contents

镜中的小姑娘 …………………………………… ◎ 113

魔术家 …………………………………………… ◎ 122

失踪的黑黑 ……………………………………… ◎ 129

财神娃娃不见了 ………………………………… ◎ 141

施了魔法的舌头 ………………………………… ◎ 146

怪老头儿 ………………………………………… ◎ 163

大小刘阿财 ……………………………………… ◎ 171

哈克和大鼻鼠 …………………………………… ◎ 177

后记 ……………………………………………… ◎ 187

国王和麦子

〔英国〕法杰恩

　　从前村子里有个傻子，不过不是农村里一般人说的那种白痴。他是小学校长一个早熟的儿子，对这样一个孩子你可以抱种种期望，也可以不抱任何期望。他的父亲当然对他抱有种种期望，强迫他一天到晚读书；可是孩子长到十岁，父亲就发现自己的希望破灭了。倒并不是孩子原来聪明，现在变得呆笨，脑子一点也不管用了。这究竟是怎么回事呢？他坐在田野里，笑个没完，很少说话，可是说不上碰到什么机会他也会乱讲一气，那时他就没完没了地说，好不容易停下来，过一会儿又说上了，就像一只陈旧的百音匣，你以为它坏了，偶尔踢它一下，却又响了起来。谁也不知道，在什么情况下踢这么一脚才能使傻威利开口说话。他对读书已经失去了任何兴趣。有时候父亲把过去威利喜欢看的书放在他的眼前，他毫不关心地瞥一眼那些古老的传说和记载，就走了开去，拿起了报纸。他多半很快又把报纸放下来；不过偶尔他的眼睛也会被一小段描写小人物的文章吸引住，目不转睛地看上一个小时。

他父亲很讨厌村民们给他孩子取的名字，可是人们叫起这个名字总是带着感情色彩，人们甚至非常自傲地把傻威利指点给外村人看。他长得非常漂亮，茶色的头发，白皙的皮肤，脸上长着金粉般的雀斑，还有一双天真淘气的眼睛和两片细巧得跟别的孩子一样的嘴唇，笑起来十分迷人。别人第一次指给我看时，他已经十六七岁了。当年八月我住在那个村子里。头两个星期我招呼他，他只报以微笑；可是有一天，我躺在一块快收割完毕的麦子地边上，昏昏欲睡地看着麦子地越缩越小，这时傻威利走上前来，躺在我身边，他看都没有看我一眼，就伸出手，用手指戳戳我表链上那块刻有甲虫的宝石，突然他讲起话来了。

"我小时候在埃及帮父亲种小麦。小麦种下去，我守着那块土地，看绿色的叶子长出来，后来，一天天过去，我看着它们由绿叶变成粮食，田野也由绿油油变成了一片金黄。每年田野里一片金色麦子时，我就认为父亲是整个埃及最富有的人。

"那时埃及有个国王，他有许多名字，其中最短的一个叫拉，所以我称呼他国王拉。国王居住在美丽壮观的城市里。我父亲的麦子地就在城外，我从来没有看见过国王，但人们老是谈论宫廷里的故事，谈论国王美丽的衣服，以及他的王冠和珠宝，据说他的金库里尽是金币。说他吃饭用银盘，喝水用金杯，床上面挂珍珠镶边的紫绸床幔。我很喜欢听人们谈论国王，听起来他好像是一位童话里的国王，我不相信他是一个像我父亲一样有血有肉的真人，也不相信他的金斗篷跟我们的麦子地一样确实存在。

"有一天，阳光非常炙热，我父亲的麦子已经长得很高，我躺在麦子的阴影下，在一个麦穗上掰下麦粒，一粒一粒地吃掉。正在这时，我听到头顶上有人在笑，我抬头一看，只见一个我从未见过那么高的高个子正往下看着我。他那卷曲的大黑胡子挂在胸前，他的眼睛像老鹰，非常凶恶，他的头饰和衣服在太阳下闪闪发光，我知道他就是国王。他的卫队就在附近，其中一个卫士牵着国王的马，那是国王交给他的。一瞬间我们光是互相打量，他往下看，我往上看。"接着他笑了，说，"看来你很满意，孩子。"

"我很满意，国王。"我说。

"你吃起麦粒来，就像在吃美味佳肴一样。"

"一点也不错，国王。"我说。

"你是谁，孩子？"

"我父亲的儿子。"我说。

"谁是你父亲？"

"埃及最富有的人。"

"你怎么知道他是埃及最富有的人呢，孩子？"

"他拥有这块土地。"我说。

国王明亮的眼睛把我们的土地看了一下，说："我拥有整个埃及。"

我说："那就太多了。"

"怎么!"国王说,"太多了!不可能太多,我是一个比你父亲更富有的人。"

听了这话,我摇摇头。

"我说我比你父亲更富有!你父亲穿的是什么衣服?"

"穿一件跟我身上一样的衬衫。"我摸了摸身上的棉布衬衫。

"你看我穿什么!"国王把他的金斗篷抖开,以至拂到了我的脸上。"瞧你还说你父亲比我富有?"

"他有比斗篷更宝贵的东西,"我说,"他有这块地。"

国王脸色发青,很生气。"我把这块庄稼地烧了,看他还有什么?"

"下一年地里还会长出麦子来。"

"埃及国王总比埃及麦子伟大得多!"国王喊叫道,"国王比麦子贵重!国王比麦子活得长!"

这话在我听起来也不确实,我又摇了摇头。于是,一场风暴似乎要在国王的眼睛里爆发出来。他回头对他的卫士沙哑地喊道:"把这块地里的麦子给我烧了!"

他们在这块麦子地的四角点起了火,麦子着了起来,国王说:"看看你父亲的金子。孩子,它从来没有这样光亮过,今后也不会再光亮了。"

还没有等金色的麦子烧黑,国王就走开了。他一面走一面喊:"现在看谁更贵重,麦子还是国王?我这个国王比你父亲的麦子活得长。"

他骑上马，我眼看他走了，他的金斗篷在阳光照耀下闪闪发光。我父亲从茅草屋里爬出来，小声地说："我们遭了殃。为什么国王要烧我们的庄稼？"

我没法告诉他，因为我自己也不明白。我走到茅草屋后面的小花园里哭了。当我伸手去擦眼泪时，这才发现吃剩的半个麦穗还捏在手心里。这就是我们最后的财宝，半个麦穗。成千上万的金黄色麦穗就剩下这点了；我怕国王也把它拿走，用手指在地上挖了许多洞，在每个洞里放了一颗麦粒。第二年，埃及麦子成熟季节，十棵可爱的麦秆也挺立在小花园的花果丛中。

那年夏天国王死了，要以隆重的仪式举行葬礼。按照埃及的风俗。国王死后要躺在一个密封的墓室中。里边要装满珠宝，贵重的袍子和各种金子的家具。在他的陪葬品中间，还必须有麦子，免得他在升天路上挨饿。他们派一个人出城来找麦子，那人来去都路过我家的茅草屋。那天天气很热，回城的时候，他到我家来休息一会儿，告诉我们他带来的麦子将同国王埋在一起。由于又热又累。他很快就睡着了。他的话却仍在我的耳边回响。我仿佛又看到了国王拉，站在我前面说："埃及国王比麦子贵重！埃及国王比麦子活得长！"我很快跑到花园里去，把我的十棵麦子砍下来，把金黄色的麦子放在那人为国王收集的麦子里。那人醒来时，便拿起那捆麦子，上路回城去了。国王隆重安葬时，他们把我的麦子跟他埋葬在一起。

傻威利轻轻戳戳我表链上刻有甲虫的宝石。

"就这些，威利?"我问。

"不止这些，"威利说，"几百万年以后，实际上就是去年，一些在埃及的英国人发现了国王拉的坟墓，他们挖开坟墓时，各种珍宝当中还放着我的麦子，那些珍宝一见阳光就变成了粉末，我的麦子却依然如故。那些英国人带了一些到英国去，路过我父亲的房子，同很久以前埃及人一样，也停下来休息一会儿。他们告诉我父亲他们带的是什么东西，并把它们拿出来给我父亲看。我也去摸了摸，那正是我的麦子。"威利向我微微一笑，笑得那样快活，"一颗麦粒粘在我的手掌上，我把它种在这块地里。"

"这么说，如果它已经长出来的话，"我说，"一定就在这一小块没有割好的地里。"

我看了看割麦子的人，正在加最后一把劲。威利站起来，招呼我跟他走。我们仔细检查剩下的一小块土地，不一会儿他指出一株麦子，它似乎比哪株都长得高长得精神。

"就是这棵吗?"我问。

他向我微微一笑，像一个顽皮的孩子。

"它当然比别的麦子更贵重。"我说。

"是的，"傻威利说，"比得上埃及国王吧?"

(傅定邦　陈永龙　译)

小 凯 蒂

〔英国〕法杰恩

很久以前，岛小姐住在村子边的一座狭窄的房子里，小凯蒂做她的小仆人。

一天，凯蒂被打发去擦顶楼的窗户。当她擦窗户的时候，她能瞧见村外那一片草地的全景。因此她干完活以后就对岛小姐说："女主人，我能到外边草地上去吗？"

"呃，那可不行！"岛小姐说，"你绝不能到草地里去！"

"为什么不行呢，女主人？"

"因为你可能碰上那个绿女人，关上门，做你的针线活儿去吧！"

过了一个星期，凯蒂又擦窗户，当她擦窗户的时候，她瞧见河水在山谷中流淌。因此她干完活儿以后就对岛小姐说："女主人，我可以去下河里吗？"

"呃，那可不行！"岛小姐说，"你绝不能去下河！"

"为什么不行呢，女主人？"

"因为你可能遇见河龙王。把门闩上，把铜器擦擦。"

又过了一个星期，凯蒂擦楼顶窗户的时候，瞧见了山边的树林，当她干完活儿以后，就对岛小姐说："女主人，我能去树林子吗？"

"呃，那可不行！"岛小姐说，"千万别去树林子啊！"

"哦，女主人，为什么不行呢？"

"因为你可能遇上'舞大郎'，放下窗帘，削土豆皮去吧。"

岛小姐不再让凯蒂上顶楼去了。有六年凯蒂一直待在屋子里织补袜子，擦铜器，削土豆皮。后来岛小姐死了，凯蒂就得另找一个地方。

她的新地方是在山那边的小镇，因为凯蒂没钱骑马坐车，她只好走着去。不过她没有顺着路走。她迫不及待地走进田野里，而且一眼就看到了绿女人正在种花儿。

"早安，小凯蒂，"绿女人问，"你要去哪儿？"

"翻过山到一个小镇去。"凯蒂说。

"你如果想走得快些，就得顺着大路走，因为谁要是不停下来种上一株花儿，我是不许他穿过我的草地的。"

"我可是很情愿种花呢。"凯蒂说着就拿起绿女人的铲刀，种了一株雏菊花。

"谢谢你，"绿女人说，"你随意采些花儿吧！"

凯蒂采了一束鲜花，绿女人说："为了你种的花，你可以随时采50朵鲜花。"

接着凯蒂去那小河流淌的山谷，在那里她一眼就看到了芦苇中的河龙王。

"午安，小凯蒂，"河龙王说，"你要去哪儿?"

"翻过山去小镇。"凯蒂说。

"你要是没有什么着急的事，最好走大路，"河龙王说，"因为谁要是不停下来唱上一支歌儿，我是不许他过我的河的。"

"我愿意唱歌，很乐意唱呢。"凯蒂说着就坐在芦苇中唱了起来。

"谢谢你，"河龙王说，"现在听我唱吧。"

他唱了一支又一支，夜幕降临时，他唱完了，吻了吻凯蒂，对她说："为了你唱的歌，你可以随时听50支歌。"

接着凯蒂爬上去山顶的树林子，在那里她一眼就看到"舞大郎"。

"晚安，小凯蒂，"他说，"你要去哪儿，"

"翻过山去小镇。"凯蒂说。

"你要是想在早晨前到那儿，最好走大路，"舞大郎说，"因为谁要是不停下来跳跳舞，我是不许他穿过我的树林子的。"

"我是很乐于跳舞的。"凯蒂说着就为他跳了她最拿手的舞。

"谢谢你，"舞大郎说，"现在看我跳吧!"

于是他为她跳舞，一直跳到月亮升起来，然后又跳了个通宵，一直跳到月亮落下去。当早晨来临时，他吻了吻凯蒂，对她说："为了你跳的舞，你可以随时看50个舞。"

小凯蒂随后来到小镇上，在那里的另一座狭窄的屋子里，她成了年老的德茹小姐的仆人，德茹小姐从来也不让她到草地、树林或河边去，并且一到7点钟就把门锁起来。

不过，在那期间，小凯蒂长大结了婚，并且生了孩子，有了她自己的小仆人。每天干完活以后，她就打开门说："孩子们，现在你们离开这儿吧，到草地里去，或者到河边去，或者到山上去，我不会担惊受怕的，你们会幸运地遇到绿女人、河龙王或是'舞大郎'的。"

于是她的孩子，还有她的小女仆就都走出去了，而过不了多久，凯蒂就会看着他们又回到家里来，唱着歌，跳着舞，手里都是鲜花。

（王济民　译）

绿 脸 人

〔英国〕理查德·休斯

从前有个人，长了一张绿脸。这脸不仅是绿颜色的，还像绿灯一样，在黑暗中发绿光。为了生活，他进了一个马戏团。世界各地的人都跑来看他，每人只要付两个便士就行。这个马戏团的老板是个很坏的人，他把绿脸人整得很惨。绿脸人由于自己的长相这么滑稽，感到非常难为情。他痛恨每一个走上前来盯着看他的人，特别恨老板把他挣来的钱都拿走，只让他吃顿饱饭，好让脸上不失去绿光。

马戏团里最聪明的动物是一头象，它也恨那个老板，恨老板让它做的那些蠢动作，那些动作根本就不是大象该做的，又傻又笨。因此它和绿脸人就成了最知心的朋友，常常在一起诉说心中的苦恼。然而，在所有的动物中，最精明不过的，是一只耗子。老板对耗子特别好，因为它整天东溜西窜，偷偷地监视别的动物，看见谁调皮了，就去向老板报告。

有一天，大象和绿脸人秘密地在一起商量要逃跑，被耗子听见了，就去报告那个坏老板。老板把他俩都锁了起来，把象锁在一个大牲口棚里，把绿脸人锁在一顶帐篷里。

大象想到自己被锁起来了，越想越火，就大发雷霆，四处乱撞。撞啊，撞啊，把牲口棚撞塌了。它又跑到锁绿脸人的地方，推倒了帐篷。绿脸人爬到象背上，他俩就逃跑了。他们跑啊，跑啊，跑到一个交叉路口，大象停住脚，想想该怎么走。它是世界上最大的象，两只前脚站在铁路的这边，两只后脚站在铁路的那边。当时已经是晚上了，天很黑。它站在那儿正想着，一列火车开了过来。火车司机看到了绿脸人的脸，还以为是一盏绿灯。在铁路上，就像红灯表示"停止前进"一样，绿灯的意思就是"继续前进"。于是火车继续前进，正好从大象身子底下开过。当司机发现自己是在一头大象肚皮底下时，吓得从火车上栽了下来。

大象不再想了，它看着司机说："你还是跟我们一块儿走吧。"于是火车司机爬上象背，不开火车而骑起大象来了。

可那列火车还在继续往前跑。轰隆隆隆，轰隆隆隆。跑到了铁路的终点，还在往前跑。轰隆隆隆，轰隆隆隆，跑到马戏团，一直冲过去，撞倒了一顶顶帐篷，惊醒了那个坏老板。不过在他醒来的时候，火车已经冲过去了，他没看见。坏老板说："这准是那头讨厌的大象干的，到处吵嚷闹事！耗子，去看看它在干什么呢。"

耗子跑去看了，回来说："大象和那个绿脸人逃跑了！"

"该死的东西！咱们得把他们追回来！"老板说。

老板和耗子动身去追了。路上，他们遇到一个老人在砸石头，老人说："好心的先生，帮我砸砸石头吧。"

"我宁愿让风吹走，也不给你砸石头。"

一阵大风吹来，把他吹出去三十里。在那儿，他又看见一个老人在砸石头。老人说：

"好心的先生，好心的先生，帮我砸砸石头吧。"

"我宁愿让脖子变长，也不给你砸石头。"老板说。

"就让你的脖子变长，上面还有斑点。"老人说着，把他变成了一头长颈鹿，脖子像树一样长。

耗子爬到老板头顶上，坐在两只耳朵之间。他们接着往前走，追上了大象、绿脸人和火车司机。

"他们不会认出我来的，现在我是一头长颈鹿的样子了。"老板心想。

于是他走上前去招呼他们：

"我是长颈鹿，刚从马戏团的坏老板那儿跑出来的。"

"那你就跟我们一块儿走吧。"大象说。

他们一块儿走啊，走啊，来到一棵橘子树下。长颈鹿伸长脖子，摘了一个橘子。谁知这橘子是有魔力的，他刚吃一口，头就变成坏老板的头，长在长颈鹿脖子上。再吃一口，脖子变短了，越来越短，变回到老板脖子原来的模样，长在长颈鹿身上。

大象叫起来："看哪！他根本不是长颈鹿，他是坏老板！"

大象伸出长鼻子，抢过那个魔橘，一下子扔进河里。

坏老板伸长脖子，还想再摘一个橘子。可他的脖子现在已经太短了，橘子树又长得太高，摘不着了。他只好就这样了：长着人头，长颈鹿的身子。

大象和火车司机问："咱们怎么惩罚这个家伙呢？"

绿脸人说："我有办法。咱们自己办一个马戏团，来展览他！"

他们果然办了一个马戏团，把坏老板关在笼子里。大家都跑来看这个怪物，每人付整整一个先令。不久，绿脸人、大象和火车司机就赚了很多钱，生活得很富裕，很快活。

可他们再也没见过那只耗子。它悄悄地溜了，想别的法子过日子去了。

（舒杭丽　译）

西德里克

〔芬兰〕扬松

实在不明白，小吸吸这小家伙怎么会给人一说，就把西德里克送掉了。

小吸吸从来没有做过这样的傻事，他一向是只进不出的。再说西德里克的的确确十分宝贵。

西德里克不是一只活的动物，而是一样东西——却是多么了不起的东西呀！你一眼看去，它只不过是一只长毛绒小狗，毛都要脱光了，没什么好玩的，但仔细一看，你就会发现它的两只眼睛是黄玉做的，颈圈上有一颗真正的月亮宝石，就在扣子旁边。

不仅如此，它脸上还有一种无与伦比的表情，这种表情是别的狗不可能有的。对于小吸吸来说，也许宝石比表情更重要，但不管怎么说，他爱西德里克。

他刚把西德里克送掉就后悔得要命。他不吃，不睡，不说话。

他就是后悔。

"可是亲爱的小吸吸，"木民妈妈担心地说，"既然你那么爱西德里克，那你至少应该把它送给你喜欢的人，而不是送给加夫西的女儿。"

"呸，"小吸吸嘟哝了一声，用可怜的发红小眼睛盯着地板看，"都怪小木民这矮子精。他对我说，一个人给掉一个他心爱的东西，将会收回来十个，感到非常快活。是他骗我这样做的。"

"噢，"木民妈妈听说是她儿子出的鬼点子，说了一声，"这个，这个……"她找不出更好的话来说了。她觉得这件事情她只好暂时不提。

天晚了，木民妈妈去睡觉。大家道了晚安，灯一盏接一盏地熄掉。只有小吸吸躺在那里睡不着，看着天花板，那上面一根大树枝的影子在月光里上下摆动。通过开着的窗子，他能听见下面河边斯努夫金在温暖的夜里吹口琴。

小吸吸越想越不通，越想越难过，从床上跳下来，啪嗒啪嗒走到窗前。他从绳梯下去，跑过花园。花园里芍药花白晃晃的，所有的影子都墨黑。月亮很高，在遥远的高空冷冰冰。

斯努夫金正坐在他的帐篷外面。

今天晚上他没有吹过一支完整的曲子，只吹一些小片段，听着像是一个个问题，或者几个音一起吹，像一个人不知说什么好时发的声音。

小吸吸在他身边坐下，闷闷不乐地看着河水。

"你好，"斯努夫金说，"你来得正好。我坐在这里一直想着一个故事，它也许会使你感到有兴趣。"

"今天晚上我对童话一点不感兴趣。"小吸吸缩起身体咕哝说。

"这不是童话，"斯努夫金说，"这是真事。是我妈妈的一位姑妈的事。"

斯努夫金吸着烟斗，开始讲他的故事，不时用他的脚趾稀里哗啦地去拨弄黑色的河水。

"从前有一位太太，她珍爱她收藏的所有东西。她没有孩子使她快活或者使她头痛，她不用干活或者烧饭，她不管别人怎么说她，她不是那种怕这怕那的人。她也失去了玩的兴趣。换句话说，她觉得生活有点乏味。"

"但是她珍爱她收藏的那些美丽东西，她一辈子都在收集它们，给它们分门别类，揩拭它们，使它们看着越来越美丽。谁走进她的家，都会不相信自己的眼睛。"

"她是一位快活的太太，"小吸吸点点头，"她有些什么东西呢?"

"这个嘛，"斯努夫金说，"有多快活她自己知道。请你不要打断我的话。后来有一天晚上，我妈妈的这位姑妈到下面她那黑暗的贮藏室去吃一块冷肉排，把一根大骨头吞下去了。接连几天她都觉得不舒服，一直不好，就去看医生。医生敲敲她的胸口，仔细听过诊，给她照了 X 光，把她的身体摇了又摇，最后告诉她说，这根肉排骨头横梗在她身体里的什么地方，没办法撬松。换句话说，他担心最坏的事。"

"什么?"小吸吸说道,对故事有点兴趣了,"他认为这位太太要送命,可是不敢告诉她,对吗?"

"是这么回事,"斯努夫金同意说,"不过我妈妈的这位姑妈不是个怕这怕那、容易吓倒的人,因此她要医生告诉她,她还有多少日子可以活,然后回家去考虑。一共只有几个星期,日子不多了。"

"她忽然想起,她年轻时曾经想到亚马孙河流域去探险,想学深海潜水,想为孤儿建造一座美丽的大房子,想去看火山,想为所有的朋友开一次盛大的晚会。但所有这些事情,当然,现在都来不及做了。再说她连一个朋友也没有,因为她只顾着收集美丽的东西,而收集东西需要时间,她的时间都被占用了。"

"她在她那些房间里踱来踱去,越想越难过。她收藏的那些美丽东西不能给她安慰。相反,它们只使她想到自己就要上天堂了,所有这些东西都要留下来。"

"不管她怎么想,即使想到上天堂以后也还可以重新收集东西,也一点不能使她快活。"

"可怜的太太!"小吸吸叫道,"她不能带一两样东西上天堂吗?"

"不行,"斯努夫金说,"这是不允许的。不过请你不要插嘴,好好听我说。一天夜里,我妈妈的这位姑妈醒着躺在床上,看着天花板左思右想。她周围满是漂亮的家具,家具上满是漂亮的小摆设。到处都是她收藏的东西——地板上,墙上,天花板上,柜子里,抽屉里——她突然感到她所有的这些东西使她窒息,根本不能使她快慰。而就在这时候,她的脑子里突然闪过一个主意。这个主意太有趣了，我妈妈的这位姑妈躺在那里不禁大笑起来。她猛地感到身体好了，起床穿上衣服，开始动脑筋。"

"她想到的主意是：把她所有这些东西全都送掉。这样会使她有更多的呼吸空间。如果你有一根大骨头堵在胃里，要能想想亚马孙河流域，这空间正是你所需要的。"

"多么傻。"小吸吸失望地说。

"根本不傻，"斯努夫金反对说，"当她坐在那里想着把什么东西送给什么人的时候，她得到很大的乐趣。"

"她有许多亲戚，认识的人就更多了，你知道，即使你没有朋友，也可能认识不少人。一个又一个，她想到了每一个人，考虑他或者她会最喜欢什么东西，这像是一个游戏。"

"她一点不傻。她给我的就是这个口琴。也许你还不知道吧，它是金子和黑黄檀木做的？就这样。她想得那么聪明，每个人正好收到合适的和向往了很久的东西。"

"我妈妈的这位姑妈的做法也使大家意料不到，大吃一惊。她把所有的东西用包裹寄出，收件人不知道是谁寄来的（他们从未到过她的家，因为她总是怕他们打破和弄坏她的东西）。"

"想象到他们收到包裹时的惊讶样子，他们想些什么和怎样猜来猜去，这使她感到其乐无穷，并且十分得意。这有点像仙女们在飞过时一下子满足了人们的愿望一样。"

"可我不是把西德里克用包裹寄走的，"小吸吸鼓起了眼睛叫道，"而且我不是就要死！"

斯努夫金叹了口气。"你依然是老样子，"他说，"不过你还是试试看好好地听一个好故事行不行，哪怕它说的不是你自己。也稍微想想我。我是把这个故事专门留给你的，我有时候喜欢讲讲故事。好了，我说下去。与此同时，另一件事情发生了。我妈妈的姑妈忽然发现她夜里能入睡了，而白天她想着亚马逊河流域，读关于深海潜水的书，还计划把那房子捐赠给没人要的孩子。她有了乐趣，这使她比平时更可亲近，人们开始喜欢和她来往了。我得小心，她心里说。我一下子会有许多朋友，就没有时间安排我梦想着的那个盛大晚会了……"

"她的那些房间也变得越来越通风。她寄出一个又一个包裹，她的东西一点一点减少，她也就感到越来越轻松。最后她在那些空了的房间里走来走去，觉得自己轻得像个气球，像个准备好飞走的气球……"

"飞到天堂上去，"小吸吸冷冰冰地说，"现在听我说……"

"请别老是打断我的话，"斯努夫金说，"我听得出来，你听这个故事还太小。不过我总得把它讲完。好，这么一来二去，她所有的房间都空了，我妈妈的这位姑妈只剩下了她的床。"

"这是一张有华盖的大床，当她的新朋友们来看她时，在床上都能坐下，那些个子最小的坐到华盖上去。每个人在她那里都过得很快活，她唯一担心的是那个晚会，她总找不到时间举行。"

"他们经常通宵讲鬼故事和滑稽故事，后来有一天晚上……"

"我知道了，我知道了，"小吸吸不高兴地说，"你跟小木民矮子精一模一样。我知道故事的结局会是怎么样。后来有一天晚上，她把大床也送掉了，飞到天堂去，她是那么快活。总之，我应该做的不仅是送掉西德里克，还要送掉我所有的每一样东西，然后我变得一无所有！"

"你是只蠢驴，"斯努夫金说，"或者更糟糕，是个故事破坏大王。我正要说下去的是，我妈妈的这位姑妈听一个滑稽故事时，禁不住哈哈大笑，笑得那么厉害，那根大骨头从她的胃里蹦了出来，她完全好了！"

"真的？"小吸吸叫道，"那可怜的太太！"

"可怜的太太，你这是什么意思？"斯努夫金问道。

"你没看见吗？她把她所有的东西全送掉了，对不对？"小吸吸叫道，"白白送掉了！因为她结果没死！那么她把她所有的东西都要回来了吗？"

斯努夫金狠狠地咬他的烟斗，扬起他的眉毛。

"你这个小傻瓜，"他说，"她把所有这些事情当作一个滑稽故事。然后她举行了晚会，为孤儿们改建了房子。要到深海潜水，她太老了，但她去参观了火山。接着她去了亚马孙河流域。此后我们就没有再听到她的消息。"

"做这些事需要花钱，"小吸吸用实际得很的不相信口气说，"她不是把什么东西都送掉了吗？"

"都送掉了？真的？"斯努夫金回答说，"如果你好好听着你就应该记得，她留下了那张有华盖的大床，而这张床啊，我亲爱的小吸吸，是用金子做的，镶满了钻石和宝玉。"

作者注：至于西德里克·加夫西把它上面做眼睛的两颗黄玉给女儿镶成耳环，另外给西德里克安上了黑纽扣眼睛。有一天小吸吸发现西德里克被忘在雨中，把它重新带回家。雨水把月亮宝石冲走了，再也找不回来。不过小吸吸照旧爱他的西德里克，尽管他现在是为了爱而爱它。我相信，他这样做只有使他更加可敬。

（任溶溶　译）

吹短笛者和汽车

〔意大利〕罗大里

从前，有人讲过一个会吹短笛的人的故事，故事里说从前有一座城市老鼠成灾，一个吹笛子的小伙子用他悠扬的笛声把所有的老鼠都引到了河水里，全给淹死了。后来市长却不愿意付钱给他，他一气不打紧，又吹笛子，这回才热闹呢，把城里的孩子全带跑了。

这篇故事讲的也是一个吹短笛的，也许和前面说的是同属一个故事，也许是另一个呢。

这回说的是一座城市里汽车多得不得了，成了大灾祸。瞧吧，大街小巷上，人行道上，大小广场上，大厦的正门下面，到处都塞满了汽车。小汽车跟个小盒子一样小巧玲珑，带挂的列车长得像条大船，威风十足。有公共汽车，带拖斗的车，载重汽车，大篷车。汽车也实在太多了，开着开着，咔嚓一声，不晓得撞到哪辆车上，一会儿两辆车相擦而过，不是挤破了挡泥板，就是把防撞板撞得个稀巴烂，再不然就是把储油箱给刮飞了。终于，汽车达到了饱和的程度，连一丁点儿的空间也给挤了，找不出一个缝来，想挪动个位置都是徒劳的。这样一来，市民们不得不迈开双腿走路。可是就说走路吧，也不是件容易的事，因为到处汽车塞得水泄不通，你必须绕着汽车走，必须从车盖上头翻过去，必须从车盘底下爬过去。听吧，喊叫声从早到晚不断，响成一片。

"哎哟哟!"

这是一个步行的人不小心头碰到车盖上。

"哎呀呀! 啊唷唷!"

这是两个走路的人同时从一辆汽车底下爬过时撞了脑袋。不用说，居民们简直快气疯了，再也忍受不了啦。

"该是结束这种局面的时候啦!"

"必须做点什么!"

"市长为什么不想想办法?"

听到这些抗议，市长嘴里免不了要嘟囔一番:

"想办法，想办法，我这不正在想吗。我白天黑夜地想，连圣诞节那天我都想了整整一天。怪我脑袋发僵，一个好招儿也想不出来，心里都乱成一团麻了。我也不晓得该做点什么，说点什么，该钓哪条鱼才好呐。再说嘛，我的脑袋瓜又不比别人的结实。不信你们瞧瞧，看我愁成了什么样子。"

一天，一个奇怪的小伙子来到市政府大门口。他穿着一件羊皮夹克，脚上套着一双齐膝盖头的长筒靴子，头上戴一顶圆锥形的缀了一根长飘带的帽子。一句话，他那个打扮跟个吹风笛的人一模一样。可是，他是个没有风笛的吹风笛者。当他要求市长接见时，卫兵干巴巴地回答他：

"让他安安静静地待一会儿吧，他现在不想听小夜曲。"

"可我没有风笛。"

"那就更糟。如果你连一支风笛也没有，市长为什么必须接见你？"

"请您告诉他，我知道如何才能把城市从汽车灾里解救出来。"

"什么？什么？你听着，走远些，这儿可不是乱开玩笑的地方。"

"请您通报市长，我保证您不会后悔的……"

他磨了半天嘴，好说歹说，卫兵才引他去见市长。

"日安，市长先生。"

"唉唉，您一开口就说什么日安。可对于我来说，一个美好的日子只有当……"

"……当城市从汽车里解救出来。我倒有个好办法。"

"您？是谁教给您的？是一只母山羊吗？"

"谁教，倒不重要。让我试一试我的办法，您又不失掉什么。如果您许诺这件事情，明天上午您的烦恼便会烟消云散，一扫而光的。"

"那就说给我听听吧。"

"从明天起，孩子们就可以在大广场上任意玩耍，在大广场上给他们安上转椅、架上秋千、滑梯，摆上些橡皮球和风筝之类的玩意儿。"

"真的?"

"请看我的吧。"

小伙子一秒钟也没耽搁。他一只手插进口袋里，掏出一管用桑树枝子削成的短笛，就在市长办公室内吹起来，吹起一支奇妙的曲子。他吹着笛儿走出市政大楼，穿过广场，一直朝河沿走去……

河边上，只一会儿工夫……

"瞧啊！那个汽车要干什么呀？它怎么自己就发动起来啦!"

"那边的一个也发动起来了!"

"嗨嗨！那个小汽车是我的！是谁偷我的汽车！抓小偷！抓小偷!"

"哪来的什么小偷哟，没瞧见吗？所有的汽车都自己开动起来了……"

"速度越来越快啦，跑起来了……"

"天晓得它们往哪儿开?"

"我的小汽车，快停下来，快停住！我要我的汽车呀!"

满城的汽车乱跑乱窜，发动机的震动声响彻云霄，它们有的按喇叭，有的鸣报警器，有的按汽笛，各种声音响成一片，把耳朵都给吵聋了……它们奔跑着，自个儿奔跑着。

可是，要是你侧耳细听，就会在一片喧嚣声中，不，简直应该说是狂呼狂啸，山崩地裂的闹腾中，分明听到短笛那阵阵清扬的吹奏声。

第一个结尾：

汽车朝河边疯狂地奔去。

吹短笛者站在桥上，不停地吹着笛儿，等着汽车。当第一辆小汽车奔过去时——巧得很，这一辆正是市长的小轿车——他正好把悠扬动人的曲调改吹为铿锵有力的音符。这好像是一个信号，桥轰隆一声坍了下来，小汽车一头栽到河里，流水把它冲得远远的。紧接着冲下去的是第二辆、第三辆，然后一辆紧跟一辆，两辆车并排着，一串车一串车……终于全部冲到河水里，沉入水中，被激流卷跑了。

汽车消失后，孩子们跑到空出来的街道上，带着他们的气球、推着装有洋娃娃的小车、三轮车、自行车……妇女们脸上堆满了笑容、悠闲地踱步。

可是大人们着了急，用手指在头发里又是搔又是抓的，给消防队打电话，向市警提抗议。

"你们放手让那个疯子胡闹吗？哎呀，快叫他别吹了，别吹了！"

"把那个小子连同他的短笛一齐扔到河里……"

"市长准是也疯了！打倒市长！叫他辞职！"

"打倒吹短笛的人！还我的汽车！"

最勇敢的人朝吹短笛者的身上扑过去，可是在只差一毫米就能挨着他的身子之前，他们却一下子停住了。好像空气里有一堵无形的墙。吹短笛者仍站在那儿，等最后一辆汽车冲到河里，他也跳入水中，游到河对岸，向河这边的人深深一鞠躬，一转身，消失在树林子里。

第二个结尾：

汽车朝河边飞跑，一辆接一辆掉进河里，留下最后一声喇叭的嘶叫。最后掉进水中的是市长的小轿车。这时，大广场上已聚满了孩子，他们玩着、闹着，欢天喜地的喧闹声盖过了那些居民们的抱怨声，他们看见自己心爱的汽车被流水冲走消失，又是着急又是埋怨。

吹笛者终于停止了吹奏，抬起眼睛。这时，他看见人群朝他涌来，一个个捏着拳头，怒气冲冲，威胁他，而走在队伍前头的正是市长先生。

"高兴吗？市长先生？"

"我现在让你高兴高兴！你以为你做了件天大的好事吗？你不晓得装配一辆汽车得花多少劳力，买一辆汽车要花多少钱？你解救城市的法子真妙啊……如果你不想蹲在监狱里度过你的后半辈子的话，就快吹笛子，把汽车从河里救上来。当心喽，我都要的，从第一辆到最后一辆汽车。"

"好的！好样的！市长先生万岁！"

吹笛者服从了。汽车听从他的魔法乐器的召唤，纷纷回到河岸上，跑回到大街小巷上，跑回到广场上，重新占据了它们原先占据的位置，把儿童们、气球、三轮车和妇女们全挤跑了。总之，一切照旧，丝毫没变。吹笛的小伙子心里别提多么哀愁、忧伤，悄悄地离去，从此以后，再也没有人提到他。

第三个结尾：

汽车飞跑，飞跑……就像哈梅林浦的耗子似的朝河里跑去吗？才不呢！跑呀……跑呀……不知什么时候，城里一辆汽车也没有了。大广场上空空的，连一辆小汽车也看不见；林荫大道上空荡荡的，大街小巷全是空的。它们消失在什么地方了呢？

你们竖起耳朵，就会听到的。这会儿，它们全在地底下奔驰呢。这个好心的小伙子用他那有魔力的笛子在大道底下开了地下道路，在广场下面挖了地下广场。小汽车在地底下跑着，停下来，让主人上车，接着又跑起来。现在，都有自己的地方啦：地下，汽车跑；地上，属于人们；属于想散步，谈论政府啦、各种冠军啦、月亮啦的同伴们，属于想开心地玩耍做游戏的孩子们，属于想到商店铺子里去花钱买东西的女人们。

"真蠢，"市长喊起来，心里热乎乎的，"我真蠢！以前我怎么就没想到这个点子上！"

后来，人们为吹笛者在这座城里竖了一个纪念碑。不，不是一个，是两个。一个在大广场，一个在地下大广场，修在那些不知疲倦地奔驰的小汽车中间。

作者的结尾：

我的结尾是第三个。有必要解释为什么吗？不必了吧。

（祝本雄 译）

最重的人和最轻的人

〔意大利〕罗大里

一天早晨，国王睡醒以后，心血来潮，要去打猎。

国王对大臣说："我做了个梦，梦见梅花鹿在我手上舔来舔去。这是个吉祥的预兆。快传圣旨，说我要骑枣骝马莫勒罗去狩猎。"

饲养莫勒罗的马夫叫杰林多，是个手脚麻利、勤劳善良的小伙子。他把枣骝马喂养得膘肥体壮，刷洗得乌黑发亮，从马鬃到马尾，一个虫子也找不到。听说国王去狩猎，杰林多要给莫勒罗备鞍子、装辔头。可到马厩里一看，枣骝马却毫无踪影。有人说，半夜听到莫勒罗"咴儿咴儿"的叫声，又有人说，睡意蒙眬中，听到"砰砰"的关门声。

于是，人们七嘴八舌地议论起来：

"准是马夫把枣骝马偷走了。"

"现在要赶快禀报国王。"

国王听到消息后，勃然大怒，下令给杰林多戴上手铐脚镣，禁闭三天。第四天要是还没找到莫勒罗，便要把他斩首示众。

宫廷大臣来到马厩，准备把杰林多投入牢房，但杰林多也无影无踪了。

"跑了和尚跑不了庙，"宫廷大臣说，"杰林多逃跑了，那就把马夫头头抓起来问罪，和杰林多一样，禁闭三天。要是第四天还没找到莫勒罗，就把马夫头头杀掉！"

在京城，杰林多有个知心朋友，经营一家客栈。因为害怕恼羞成怒的国王下毒手，杰林多在朋友的客栈里躲藏起来。当他得知因为自己的罪过连累了马夫头头的时候，心急如焚，坐立不安，准备投案自首。但是他的店主朋友劝阻他说：

"你去投案，还不如想办法把枣骝马找回来呢！你要是把马找到了，你和你头头的性命就都可以得救了。"

"到哪儿去找呢？""昨天夜里，我妻子在睡梦中。听到一匹马从京城东门'咯噔咯噔'飞奔而出的声音。你知道，在酣睡中被马蹄声惊醒的事是常有的。我看，你不妨出东门去找找看。"

杰林多挎着背包，装上馒头和一瓶酒，出东门寻找莫勒罗去了。

他走了一上午，到中午时分，来到一棵橡树旁，坐在树荫里吃饭休息。

这时候，不知从什么地方冒出一个细小的声音："把我拽出来，快把我拽出来！"

杰林多看看周围，什么也没有。低头一看，只见一个小坑里站着个身长只有半公尺高的侏儒，骨瘦如柴，正蠕动着干裂的嘴唇。

"你在这里干什么？"杰林多问。

"我想捉鼹鼠。你快把我拽上去吧，然后我再一五一十地告诉你。"

要把这个侏儒拉上来，可不容易。杰林多双膝下跪，抓住对方两只手，用尽吃奶的力气，才把他拉了上来。

"你知道你有多重吗？"

"那还用说。刚才我在树荫里睡觉，我的身体就压出了这个坑！"

"你叫什么名字？"

"我叫'最重的人'。"

"真是名副其实。乍一看，你还没有一只小鸟重。"

"你叫什么名字？"

"我叫杰林多。我想四处转转，没什么事儿。"

"我也没什么事。我和你一起走走，好吗？"

"当然可以。"

杰林多和最重的人走了一个下午，黄昏时来到一棵无花果树旁，他俩坐在树荫里，共进晚餐。正吃得津津有味，忽然听到一个声音央求着："快把我拉下去！拉下去！"

"你在哪儿？"

"我在无花果树上。"

两人抬头一看，只见最细的一根树枝上，坐着一个巨人，臂粗腿壮，头圆胸宽。可是他竟然一点儿也没压弯那最细的树枝，真叫人纳闷。

"为什么你不自己下来?"

"因为我特别轻。刚才在树荫里睡觉的时候,一阵风把我吹到树枝上了。"

"你叫什么名字?"

"我叫'最轻的人'。"

于是,他俩把巨人从树上拽下来,一块就餐。

"你俩到哪儿去?"

"随便走走。"杰林多和最重的人向最轻的人讲了他俩相遇的经过。

"我也没有什么事情,咱们一块走,好吗?"

"当然可以。"

他们仨一同上路了。最重的人和最轻的人手挽着手,这样,最重的人不会陷进地里,最轻的人也不会被风吹走了。

当夜幕笼罩大地时,他们来到一座古城堡前,城堡黑咕隆咚的,连门窗都看不见。

"看样子真是个鬼地方!"杰林多说,"可找客店来不及了,我们只好在这里过夜了。"

他们向城堡门口走去,呼叫着看门人。可是随着呼喊声,城门前的吊桥却"咯吱咯吱"地升起来了。

"他们是存心要把我们拒之门外。"杰林多对两个伙伴说。

正说着,只见最轻的人大步跨上前去,一把抓住吊桥最边上的横木，最重的人又死死抓住最轻的人的两只脚，凭着他们的重量，使吊桥又落下来了。三个人正通过吊桥时，忽然听到一个粗暴无礼的声音：

"叫花子，叫花子！你们简直是飞蛾投火，自取灭亡。请你们到粪堆里去睡觉吧！"

只见城堡门口站着一个人，高大魁梧，身穿黑衣，头戴鸭舌帽，上面绣着稀奇古怪的花纹。

"我们千万要小心啊！"最轻的人贴着杰林多的耳朵小声说，"我看这家伙是个巫师。"

杰林多屏住呼吸，全神贯注地倾听着什么。当他听到从远处传来"咳儿咳儿"的叫声时，不禁惊喜起来：这不就是枣骝马莫勒罗吗？想到这里，杰林多装作心不在焉的样子，热情地和城堡主人打招呼，躬身下拜："我们三个是很穷的旅客。只要您能给我们一碗汤喝，能在窝棚里住上一夜，我们就心满意足了。"

"你们把我当成店主了，可我是马戈纳巫师。我没有窝棚，只有几床毛毯子。"

巫师默默地祈祷着，领着他们三个来到厨房，吃了点儿残羹剩饭。然后，又领着他们来到城堡的阁楼上，安排好床铺，用三把锁锁上门，便走开了。

三个伙伴躺下睡觉了。最轻的人把一只手捆在床上，唯恐被风吹走；最重的人把一只手吊在天花板上，唯恐陷到地里去。他俩很快打起呼噜，进入梦乡了。只有杰林多躺在床上，辗转反侧，怎么也不能入睡。夜深人静，他又听到了马叫声，而且断定这叫声是从地下室发出来的。

"毫无疑问，那是莫勒罗的叫声。可我怎么能把它解救出来呢？"

苦思冥想了整整一夜，杰林多也没想出能让巫师把马归还给他的好办法。

第二天清晨，巫师把他们喊醒了。

"快起床，快起床。"巫师叫嚷着，"懒鬼！你们滚蛋吧，我还有我的事情，谁顾得上伺候你们。"

"马戈纳阁下要略施法术吗？"杰林多问，"我想您肯定是位魔力无比的巫师。"

"不敢当，不敢当。"巫师听了，怒气全消，彬彬有礼，然而却是皮笑肉不笑地说，"除了我，谁还能在王宫的马厩里识别出一匹飞马呢？"

"了不起，真了不起！"杰林多赞不绝口，"莫勒罗是匹会飞的马吗？"

"当然会飞啰！"巫师眉飞色舞地回答，"我只要从马鬃和马尾上各拔一根毛，莫勒罗就可以飞起来。他现在正飞奔着呢！哎，怪事，你怎么知道这匹马叫莫勒罗？你是谁？你们三个是干什么的？噢，现在我才明白，你们进我的城堡，原来是别有用心，要盗窃我的莫勒罗。既然如此，那好吧，我奉陪到底！"

于是，巫师祷告念咒，准备施展法术。这时，最重的人一个箭步上前，在巫师的一只脚上狠狠踩了一下，巫师疼痛难忍，"哎哟！

哎哟！”地直叫唤。

"我明白你们的意思。"巫师说，"这不明明是向我挑衅吗？你们欺人太甚，我只好接受挑战，和你们较量一番了。"

"你能履行自己的诺言吗？"杰林多问。

"一言既出，驷马难追。你们要是赢了，我就把那匹飞马给你们！"

他们来到大厅，巫师叫仆人拿来一台盘秤。

"称一称我们谁最重。"巫师说着，发出阵阵冷笑。

"好吧。"杰林多说，"您可以从我们三个人中选择任何一个做您的对手。"

巫师先瞧瞧杰林多，又看看站在左边的巨人，最后把目光盯在站在杰林多右边的只有半公尺高的侏儒身上。

"我选这个。"巫师指了指侏儒——最重的人说。

杰林多点点头，表示同意。巫师坐在一个秤盘上，念了几句咒语，仆人便开始往另一个秤盘上放砝码。一百公斤，二百公斤，三百公斤……当加到一千公斤时，巫师从秤盘上跳下来，哈哈大笑："现在该轮到你了！"

最重的人连看都没看盘秤，只一只脚踩在秤盘上。一百公斤，二百公斤，三百公斤，……当加到一千五百公斤时，最重的人把脚从秤盘上放下来，轻蔑地朝巫师擤了擤鼻涕。

马戈纳巫师惊奇得目瞪口呆，气得两眼直冒火星儿。

"就算你们旗开得胜，"巫师说，"我们还要在第二个回合中见输赢。现在我们比一比谁最轻。"

巫师叫仆人拿来另一台盘秤。巫师口中念念有词，躺在一个秤盘上，仆人把一片羽毛放在另一边的秤盘上。结果，羽毛比巫师重。

"现在轮到你了。"巫师指了指巨人——最轻的人。巫师心想，这次他可以稳操胜券。只见巨人把那片羽毛分成十份，扔掉九份，把剩下的那一份放在秤盘上，然后自己跳到另一个秤盘上。结果，那十分之一的羽毛比最轻的人还重得多，秤盘把最轻的人托到了天花板上，头上还撞了一个疙瘩呢！

巫师凭着法术，从来都百战百胜。这次他却双膝下跪，浑身哆嗦，叩头求饶了。

"我要把自己的金银财宝送给你们一半。"巫师哭丧着脸说。

"我们只要莫勒罗，其他什么都不要。"杰林多回答。

"我把城堡，我的土地全都给你们。"巫师继续大献殷勤。

"请把莫勒罗还给我们，然后，我们就高高兴兴地离开这里。"

"我送给你们一根神棒。"

"除了莫勒罗，我们什么也不要。"

巫师无可奈何，只好把莫勒罗交出来。这样，巫师想依赖这匹马而成为世上最强大、最富有的人的美梦就破灭了。

杰林多和最轻的人骑着莫勒罗，最重的人跟在后面，向王宫走去，由于激动和高兴，他们忘记了"只要从马鬃和马尾上各拔一根毛，莫勒罗就可以变成飞马"的法术。

在王宫，他们受到盛大的节日般的欢迎。国王当即释放了马夫头头，拥抱了杰林多，热情地说："我要给你们应得的奖赏。你有两个朋友，其中一个高大魁梧，我将赐给你相当于他体重的黄金，你看怎么样？"

"陛下，你对我实在太好了。不过，给我那么多黄金，我看没必要。您给我的黄金只要相当于我那又瘦又小的朋友的体重就可以了。"

国王是个吝啬鬼。听了杰林多的话，高兴得连胡子都抖动起来，再次拥抱了杰林多。国王觉得，刚才答应赐给杰林多的黄金未免太多了。

国王吩咐仆人拿来盘秤。当人们看到又瘦又小的侏儒坐在一边的秤盘上，都纷纷议论，有的还禁不住捧腹大笑起来："杰林多这个可怜的糊涂虫！要是我处在他的地位，那该多好，我会比他更好地利用上帝赐给的幸福良机！"

当国王的司库开始往另一边的秤盘上放黄金时，人们又发出了阵阵笑声，但不是讥笑了，而是满堂的喝彩声！原来这个又瘦又小的侏儒竟是世界上最重的人，王宫金库里的黄金放上一半了，最重的人坐着的那个秤盘才刚刚翘起来一点儿。

国王再也忍不住了，面如土色，急得直跺脚。最后终于发作了：

"快把这三个骗子抓起来，严加惩处！"国王声嘶力竭地叫喊起来。

这时，杰林多一下子想起了巫师的法术，急忙从马鬃上拔下一根毛，又从马尾上拔下一根毛，然后纵身一跳，骑到马背上，莫勒罗立刻向天空飞去。最轻的人眼明手快，一个箭步追上杰林多，也跨上马；最重的人又抓住最轻的人的脚，三人一同扬长而去。

人们个个惊得目瞪口呆，翘首仰望那已经飞越过屋顶的枣骝马莫勒罗，要知道，这匹马不仅载着杰林多和他的两个伙伴——最重的人和最轻的人，而且还载着一台盘秤，上面还放着王宫金库里的一半黄金哩！

（王勇 译）

失踪的鼻子

〔意大利〕罗大里

　　果戈理先生叙述了列宁格勒的一个鼻子坐上马车出外散步,后来发生了一大串稀奇古怪的事儿的故事。

　　同样的故事发生在拉维诺,马乔列湖上。一天早晨,住在小轮船码头对面的一位先生起了床,走进洗澡间准备刮胡子。当他对着镜子瞧着自己的时候,突然大声地叫了起来:

　　"快来人哪! 我的鼻子没了!"

　　鼻子,脸上的鼻子没有了。在它待过的地方,现在只剩下光溜溜的一片了。那位先生也顾不得身上只穿着室内便袍,就拼命往阳台上跑,正好看见走在广场上的鼻子,穿过正在往摆渡船上装的汽车行列,朝着小码头快步前进呢。

　　"站住! 站住!"那位先生大声喊叫,"我的鼻子! 抓住小偷,抓小偷!"

人们都往上看着他，笑着对他说："他们偷了你的鼻子，给你留下脑袋了没有？真是件丑事。"

那位先生急急忙忙下了楼，追赶逃跑的鼻子，一面追，一面用手帕捂着脸，像是得了感冒似的。

真是不幸得很，他刚赶到那里，船就离开了码头。他勇敢地跳下了水，游着追了过去。船上的游客们大声喊着："加油！加油！"但是船已经加快速度，船长丝毫没有想开回来让迟到的人上船的意思。

"你等下一班吧。"一个水手对他说，每半个小时就有一班。

那位先生垂头丧气地往岸上游，突然发现他的鼻子正像传说中的圣·朱里奥那样，站在漂在水面上的一件披风上，以很慢的速度航行着。

"哎，你没有上船？刚才你是装假吧？"那位先生嚷嚷。

鼻子直直地盯着前面，就像湖里的大灰狼，根本就不理睬他。披风缓慢地漂动着，好像一个大水母。

"你要上哪儿啊？"他提高声音大喊。

鼻子没有回答。它的倒霉的主人只好忍着一肚子气来到拉维诺港口，穿过一群看热闹的人回到了家。他锁上大门，吩咐女佣人不许让任何人进来，对着镜子一动也不动地盯着他的没有鼻子的脸，瞧个没完。

几天以后，一个渔夫在收渔网的时候发现了逃跑的鼻子。看起来是因为披风上有许多窟窿，它就在湖上出事了。这个渔夫要拿它到拉维诺市场上去卖一笔钱。

那位先生的女仆来到了市场，想要买几条新鲜的鱼。她一眼就看见了放在鲤鱼和梭鱼之间最显眼的地方的鼻子。

"这不是我的主人的鼻子吗!"她害怕得叫了起来。

"请您快给我，我跑着送回去。"

"这个鼻子是谁的我可不知道，"渔夫声明说，"是我捞上来的，我就卖它。"

"要多少钱?"

"这还用问，它有多重就要多重的金子。要知道这是个鼻子，而不是什么一条鲈鱼。"

女佣人拔腿就往回跑，把这情况告诉了主人。

"他要多少钱就给他多少! 我要我的鼻子!"

女佣人估量着要花一大笔钱，因为是个大鼻子，又在水里泡了几天，得要好多钱呢。

为了凑齐这个数，女佣人得把心爱的耳环卖掉。不过，谁都知道，她对于主人是很忠诚的。所以她也只好叹口气就这么办了。

买下了鼻子，把它包在手帕里带回了家。这次鼻子倒很顺从，即使还在主人的战栗的手心里的时候，也没有作任何反抗。

"请问你为什么要开小差? 我做了什么对你不起的事了吗?"

鼻子斜着眼瞧着他，非常嫌恶地说："你听着! 从今以后你不要再把手指头放在鼻子里。最起码得把指甲剪短些。"

（俞克富　译）

蓄长胡须的伯爵

〔意大利〕卡尔维诺

波卡巴利亚坐落在峰峦陡峭的高山顶上。这个山村的农民担心，母鸡下了蛋，会滚落到山脚底下的丛林里去，因此，他们在母鸡的屁股后面，一个个挂上小布袋。

这就是说，波卡巴利亚人并非像人们所说的，都是"笨蛋"。而同这个山村相邻的村庄却瞧不起他们，常常挖苦说："波卡巴利亚人讲话活像驴叫，而那里的驴叫却又像波卡巴利亚人讲话。"这纯粹是对波卡巴利亚人的恶意中伤。附近村庄的人们对波卡巴利亚人那么不怀好意，原因仅仅是他们过于安分守己，他们从来不跟任何人争吵斗殴。

波卡巴利亚人总是这样回敬那些人的恶意："走着瞧吧，等我们的马西诺回来，再跟你们见个高低。"

马西诺比所有的波卡巴利亚人都机智聪敏，深得全村人的拥戴。

他不是一个彪形大汉，乍一看，倒像是一个无足轻重的平常人，可他却是那样的精明能干。刚出生时，他是那样的娇小瘦弱。为了使他强壮有力，以适应坎坷的人生，父亲把酒倒进一个烧得通红的马蹄形铁制容器里，酒烧得滚烫。妈妈就用这样的酒给他洗了个"烧酒澡"。热酒赋予了他机灵的性格，钢铁给了他无比坚强的意志。洗礼以后，妈妈把他放进用苦涩的栗子壳做成的、青绿色的摇篮里。据说，这能赐给他聪明和智慧。

那时候，波卡巴利亚人多么盼望他们的马西诺能够早日归来。打从他服兵役以后，还没有回来过一次。听说，他现在在非洲。这时，他的家乡——波卡巴利亚正发生着不可思议的事。每天晚上，村子里都发生耕牛和奶牛被米琪丽娜妖精掳走的事儿。

米琪丽娜隐藏在离山村不远的丛林里。她只吹一口气，嗖的一声就把一头牛给掠走了。农民们只要一听到灌木丛中发出沙沙声，就吓得魂不附体，汗毛直竖，真是风声鹤唳，草木皆兵。大家议论纷纷：

"米琪丽娜真厉害，

无声无息进村来。

只要看上谁一眼，

全身瘫软倒下来。

随意吹上几口气，

席卷牛羊离村寨。"

夜深了，农民点起一堆堆篝火，防止米琪丽娜趁着夜深人静，悄悄溜进来，掠走他们的牲口。可是，米琪丽娜照样悄然地逼近正在篝火旁看护牲口的农民。她吹上一口气，直吓得农民魂飞天外，转眼就昏迷了过去。第二天清早，当人们醒来的时候，牛已经不翼而飞了。农民们捶胸顿足，沮丧得痛哭流涕。大伙走进丛林寻找牲口，只见米琪丽娜妖精留下的一绺毛发、一支玉簪和一排排脚印。

天天如此，月月如此。就这样，人们再也不敢放牧了，只好把牲口关进畜栏，牛直瘦得皮包骨头。你若要给牛刷刷皮毛，完全不必使用刷子，用小耙子在牛的肋间刮一刮就行了。谁也没有胆量赶着牲口到草场去放牧，更没有人敢于走进丛林。丛林里蘑菇像把撑开的雨伞，越长越大，可是谁也不敢去采摘。

米琪丽娜妖精并不到别的村庄掠取牲口，仿佛她明白，像波卡巴利亚人那样厚道、与世无争，在其他地方是再也找不到的。每天晚上，那些可怜的农民在村子中央的广场上，点起一堆堆篝火。男的围坐在篝火旁抓耳挠腮，发出阵阵怨言，有的失声恸哭起来。妇女和孩子更是谁也不敢出门。人们深深陷入了烦躁不安、忧伤恐惧的漩涡，无法解脱。最后，他们决定去找伯爵，恳求他大力帮助。

伯爵住在山村的最高处。这是一所椭圆形的大院落。四周厚厚的围墙上插着碎玻璃碴子。一个星期天的上午，农民们把帽子拿在手里，毕恭毕敬地来到伯爵的寓所。敲敲大门，门开了。他们刚跨进庭院，门窗和栅栏马上关上了。卫士在庭院的四周逡巡。伯爵正在用油膏抹着自己的胡须，使它柔软光亮。他用不怀好意的眼光，恶狠狠地盯着农民。庭院深处，伯爵端坐在天鹅绒座椅上，四个卫士为他从上到下梳理那长长的乌黑发亮的胡须。

一位最年长的农民鼓起勇气说:"伯爵大人,我们斗胆来到您这里,是想向您倾诉我们所遭到的不幸。丛林里出现了妖精,使我们那些吃草的牲口都遭了殃。"其他的农民也唉声叹气随声附和。老人接着又叙述了他们整天提心吊胆地生活的情景。听了老人的申诉,伯爵却一言不发,无动于衷。

"我们到这里来拜访大人,"老人说,"是想听听您的高见。"

伯爵还是保持缄默。

"我们冒昧来到伯爵大人门下,"老人继续说,"想乞求您开恩,助我们一臂之力,不知可不可以支援我们一支卫队。这样,我们就可以安心到丛林里放牧了。"

伯爵摇了摇头说:"如果我拨出一支卫队,还得配备一名卫队长。"

农民听了伯爵的话,觉得似乎还有一线希望。

可是,伯爵又接下去说:"如果少了一个卫队长,那么谁来陪我打牌呢?"

农民一齐跪下来说:"伯爵大人,请您大发慈悲,帮帮我们的忙吧!"

这时,身旁的卫士一边打着哈欠,一边涂抹长长的胡须。伯爵接着又摇了摇头说:"我是伯爵,一个人顶三个人。如果我没有见到妖精,那就压根儿不存在什么妖精。"

听伯爵这么说,一直没精打采的卫士振作起精神,端着枪,慢吞吞地用刺刀把农民一个个从庭院里赶了出去。

农民垂头丧气地回到山村的中央广场上。下一步该怎么办？谁也不知道。那位跟伯爵说话的老农民说：

"我们必须派人去把马西诺叫来。"

他们给马西诺写了一封信，派人送到非洲。一天晚上，他们像往常一样，团团围坐在篝火旁。马西诺回来了。他们简直像过节一样欢腾雀跃，人们争先恐后地拥上去同马西诺拥抱接吻，送上一杯杯热气腾腾的美酒。

"你到哪里去了？"

"有什么经历和见闻？"

"你可知道我们的不幸遭遇？"

马西诺首先让自己的同胞尽情地诉说苦衷，然后再谈自己的见闻。他说："在非洲，我看到原来吃人的野人变成不吃人肉，专吃蝉；在沙漠里，我看到一个虱子居然要挖井水喝，他的手指足有十二米长；在大海里，我看到有一种鱼，穿着一只普通的鞋子和一只拖鞋，它想在鱼类中称霸，仅仅是因为其他任何鱼都没有鞋穿。在西西里岛，我看到一位妇女有七十多个孩子，但是家里只有一口锅；在那不勒斯，我看到了那些在大街上跟在别人后面窃窃私语的人，我看到了那些体重一百公斤的人；又看到了一些个子小得像一片鱼鳞似的人；我还看到一个人过两种迥然不同的生活……我看到各式各样胆小怕事的人，但是，从来没有看到过像波卡巴利亚这样胆小如鼠的人。"

　　农民低下头，说不出一句话来，羞愧得无地自容。马西诺把他们比作胆小鬼了，这触到了他们的痛处。马西诺并不想责怪他的同胞。他问清了妖精的来龙去脉，说："我向你们提三个问题，午夜过后，我就去给你们捉拿妖精，把它带给你们。"

　　"什么问题？什么问题？"大家异口同声地问。

　　他向理发师提出第一个问题："这个月有多少人到你这里来理发？"

　　理发师答道：

　　"长胡须，短胡须；

　　柔软的胡须，粗硬的胡须；

　　浓密的头发，稀疏的头发；

　　剪刀咔嚓一声响，

　　头发胡须全落下。"

　　他向修鞋匠提第二个问题："这个月有多少人到你这里来修鞋、做鞋！"

　　"我的天哪！"修鞋匠惊愕地答道：

　　"我既修木鞋，又修皮鞋。

　　钉子一个个敲，鞋子美观又牢靠。"

　　我做绣花鞋，又做蛇皮鞋。

　　波卡巴利亚人都是穷光蛋，

　　哪有钱财做鞋和修鞋。

　　生意冷落不景气，

害得我这个月囊空如洗。"

他又向卖绳人提出了第三个问题:"这个月你卖了多少绳子?"

卖绳人高兴地答道:

"我做细纱绳,棉纱绳;

布条绳,草编绳;

井用绳。柳条绳;

细麻绳,毛皮绳。

这些绳子,

粗的像胳膊,细的像银针:

坚硬的似钢铁,柔软的像猪油。

绳子刚做好,就被买走了。"

马西诺一边走向篝火,一边说:

"就这样吧,现在我要睡两个小时,因为我已经精疲力竭了。一过午夜,你们就把我叫醒,好去捉拿妖精。"

他用帽子盖住脸,呼噜呼噜地睡着了。

午夜以前,谁都不说一句话,生怕吵醒马西诺,甚至屏住了呼吸,不敢发出声音来。半夜,他们摇了摇马西诺的脑袋,叫醒了他。马西诺打了个哈欠,喝了一杯热酒,向跳动的火焰连续吹了三次,对周围的人没看一眼,就进丛林去降妖了。

农民一直等着马西诺回来。他们看着篝火里的木柴烧成了木炭,木炭又变成了灰烬,灰烬变成了一摊黑渣。马西诺终于回来了。被马西诺抓着胡子、跟在后面的那个人是谁呢?是伯爵。他哭丧着脸,两条腿像是不听使唤了。他乞求饶恕。

"这就是妖精！"马西诺大声喊道。然后急切地说，"快拿酒来！"

众目睽睽之下，伯爵简直变成了微不足道的小人物。他蜷缩着身躯，坐在地上，活像一只过冬的苍蝇。

马西诺向众人解释说："他同你们不一样，你们都去理发，不会有头发掉在丛林里。林子里，有陷下去的巨大鞋印，而你们都是光着脚去放牧的。他根本不是一个什么'下凡的神仙'，他若是神仙显灵，就不会购买那么多的绳子，来拴住偷来的牲口，并且把它们带走了。请你们快端热酒来！"

马西诺说到这里，伯爵浑身哆嗦，恨不得把脑袋埋进长须里。马西诺把他拖出丛林的时候，伯爵的胡须和头发已经弄得凌乱不堪了。

一个农民发问："那么他是用什么鬼办法把我们搞得迷迷糊糊的呢？"

"他用一根裹着布的棍棒，猛击你们的头，这样，你们只听到嗖的一声，不露任何痕迹却不省人事了。"

"那么，那些丢失的玉簪又做何解释呢？"另一个农民插嘴问道。

"他用玉簪把胡须拢在头上，就像妇女用玉簪拢住头发一样。"

农民们一声不响地听着马西诺的讲话。他问大家："如何发落伯爵？"猛然发出暴风雨般的怒吼声：

"烧死他！"

"剥他的皮！"

"把他拴到柱子上去，让他当一个吓唬小鸟的稻草人吧！"

"装进酒桶乱滚！"

"把他放进大口袋里，再放进七只猫，六只狗！"

"请饶命啊！"伯爵气急败坏地说。

马西诺对农民说："就这样吧，让他把牲口归还给你们，罚他给你们打扫畜栏。他不是喜欢深更半夜到丛林中去吗？那好，我宣判：他每天夜里都要到那里去为你们打草砍柴。请告诉你们的孩子，再也不用拣那些丢在地上的玉簪了，因为米琪丽娜妖精永远不能用它拢起头发和胡须来吓唬我们了。"

在这以后，马西诺踏上了周游世界的旅途。其间，他参加了一次又一次的战争。说到这些连绵不断的战争，人们常常提到他：

"小兵啊，小兵！

你粗茶淡饭，风餐露寝，

你把弹药装进炮膛，只听见一声轰鸣！"

（王勇　译）

士兵和白桦姑娘

〔苏联〕约瑟夫维奇

从前有一个士兵，服役期满，回老家。士兵在回家的路上，一边走，一边想：

"现在我要回老家了，可我干吗要回去呢？我家里一个亲人也没有——既没有爸爸妈妈，也没有兄弟姐妹……"

他正在路上走着，迎面碰上了一个魔鬼。

"站住，当兵的，哪里去？"

"回老家。"

"唉，回那里干什么去！你家里什么亲人都没有。"

"反正一样。人家叫我回，我就回呗。"说罢照直向前走。

"等一等，"魔鬼说，"别急着走。我看你就在这里给我干事吧，当听差。"

士兵一边琢磨，一边上下打量着这个魔鬼。他很不喜欢魔鬼的模样——一副甜蜜而又下流的嘴脸，两只耳朵直忽闪。

"什么，"士兵问，"听差?"

"我有三只鹰，分别关在三只不同的笼子里。一会儿我去取赏钱去。我离开的时候，你帮我看守一下。我回来一定重重地奖赏你。"

"那好吧，"士兵说，"听差就是看守几只鹰，这没有什么复杂的。可以。"

就这样，魔鬼把士兵带到它的魔宫，自己就取赏钱去了。

士兵走进第一个邸宅，看到地上有一只铜鸟笼。笼子里只有一只鹰正在扑棱棱地冲撞着。它的翅膀是棕色的，胸脯是红色的。眼里闪烁着青铜色的光芒，而且两眼充血。

鹰恶狠狠地看了士兵一眼，扑到了笼壁上。

"得了，得了，"士兵说，"老实点，老实点。"说着便去了另一个宅邸。

那里，有一只银鸟笼，笼里有一只雪白的鹰，它安稳地站在笼子里，一动不动。看上去它有些闷闷不乐，它只是微微睁开它那银光夺目的两眼看了看士兵，随后又闭上了。

"得了得了，"士兵说，"憩着吧。"说着，又向前走去。

第三个邸宅里是一只金鸟笼，笼里有一只金黄色的鹰。它转身背对着士兵，看都不看他一眼，无论士兵如何千方百计，到底也没能看到鹰的眼睛。士兵。不知为什么，觉得有些难为情。

"你不要生气，"士兵对这只金黄色的鹰说，"我这是执勤。"

士兵来到花园里，看到有一棵白桦树。他坐在树底下，开始吸起烟来。这时，他忽然听到：

"小兵……"

他四下里看了看——什么人也没有，可忽然又听到叫：

"小兵，叫你呢，小兵！"

"什么事？"士兵一边答应，自己一边又四下里望了望——什么人也没有。

"小兵，你帮帮我的忙吧。"

"帮忙倒可以，"士兵说，"可我不晓得你究竟是谁。因为我看不到你。"

"你看到我了，只是不明白。是我，白桦树，在跟你说话，你就坐在我的身下。"

"噢，是吗！这是真的吗，小白桦，是你在同我说话？是真的吗？"

"不错，就是我，小白桦，是我在跟你说话。"

"瞧，竟有这事！"士兵说，"那好吧，小白桦，有什么事，你就说吧。"

"我这不是在说嘛，"白桦树说，"你愿怎么向我效劳？是为了赚钱，还是真心实意帮忙？"

"我吗？"士兵说，"我，白桦兄，我当听差是为了赚钱的。"

"太遗憾了……"白桦树叹了口气，不吱声了。

士兵坐了一会儿，吸了几口烟，问：

"你怎么啦，小白桦，怎么不说话啦？"

"你不是说当听差是为了赚钱吗？"白桦树说，"可树哪来的钱呢？我需要的是人家诚心诚意地帮我的忙。"

"难道你真的一个戈比也没有？"士兵问。

"没有，小兵。"

"是啊，"士兵说，"是不够意思。那好吧，你说帮什么忙。我生来还没帮树干过活儿呢。试试看吧。"

"可你现在是在给魔鬼当听差。要当心——钱会丢的。"

"算了，别嚷嚷，"士兵说，"这不关你的事。就说干活的事吧。不然你扯起来没完，人家要算我的钱的。你到底求我帮什么忙？"

"是这样。你到小山岗上那个村子去找一位尼古拉老爷爷。老爷爷告诉你什么，你就完成什么好啦。懂吗？"

"好吧！"士兵说。

就这样，士兵去了小山岗上那个村子。蓦地，他看到一位老爷爷正向他走来。

"您好啊，老爷爷。"

"你好，小兵。"

"您是尼古拉吗？"

"是我。怎么？"

"那边有一棵白桦树。就是那种白色的树。它吩咐我来问问您，我该干点什么？"

"啊，"尼古拉爷爷说，"大地上白桦树很多，还有松树。可你该干什么，我也不知道。你就听从心灵的吩咐吧——心吩咐你干什么，你就干什么好啦。"

老爷爷说罢，就从眼前消失了。

"瞧，真不走运，"士兵心想，"听心灵的吩咐？它能吩咐什么？真不明白。它好像想喝水。"

士兵到一条小溪里足足地喝了一顿，又继续向前走去。接着，心灵又发出了新的命令：吃点东西。士兵找来一个大面包和一个葱头，履行了命令。就这样，他又回到了魔鬼的魔宫。

他走进铜宅。笼子里那只血色的鹰立刻扑棱起来。它冲撞，尖叫，用爪子撕抓笼壁，两眼凶狠地瞪着士兵。

"真可怜这只漂亮的雄鹰，"士兵心想，"被关在笼子里，人世间的事它看不到。我要放了它。"

他把笼子打开，鹰冲出去，自由地飞去了。但它冲出笼子时，首先撞到了士兵的脸上，抓破了他的两腮，它从窗口飞了出去。

士兵蹲在地板上，哭了。

"瞧，"他想，"这就是心灵吩咐的结果。唉，这就是士兵的命运！"

哭了一阵子之后，他来到街上，进了花园。他看到那只血红色的雄鹰正站在白桦树上。眼睛闪烁着凶狠的光芒，说不定它就要朝士兵扑过来。

"告诉你，老实一点，"士兵对它说，"我有枪，枪里装着子弹。需要时我就开枪。"

说着，他又在白桦树下坐了下来。

"小兵呀，小兵，"他又听到有人叫，"任务完成了吗?"

"完成了，完成了，"士兵回答说，"老爷爷也见到了，事情全都照办了。只是我的脸被抓破了。"

"这不要紧，"白桦树说，"我给你滴上一点树液就会好的。"

这时，士兵忽然看到白桦树轻轻晃动起来，从树杈间突然露出一个少女的脑袋，脑袋下接着露出了肩膀。很快从白桦树里冒出一个露到胸部的姑娘。她直接往士兵的伤口上滴了几滴白桦树液。伤口立刻就长好了。

"真棒!"士兵心想。

从白桦树里冒出来的那位姑娘亲切地看着士兵，说:

"真是好样的，士兵。"

"好样的，不好样的，"士兵说，"不关你的事。来，你就接着往下说，还干什么?"

"我不能。"姑娘说。

"你为什么不能?"

"我不知道。"

"瞧，女人家!"士兵说，"一会儿不知道，一会儿不能。算了。我去把第二只鹰也放了。那只银色的鹰看上去十分忧愁，恐怕要死的。"

士兵来到银宅，打开笼子。可银鹰只是看了他一眼，没有从笼子里飞出来。士兵把它捧在手上，托了出来。

"来吧，来吧，"士兵说，"飞吧，瞧，那就是银色的自由天地。"

银鹰拍了拍翅膀，吃力地飞起来，落在了白桦树上。

这时，听到白桦姑娘呻吟了一声，又从树里出来了一段，露到了腰部。

"瞧，真想不到，"士兵说，"来，继续往外出。"

"我不能啊！"姑娘说着微微一笑。

"是啊，"士兵说，"看来只好再把第三只鹰也放了。"

他来到了金宅。可那只金黄色的鹰仍是连看也不看他一眼。士兵打开笼子，抓住鹰的翅膀——觉得烫手。他拿它的别处——又觉得冰凉。他怎么也没法把这只鹰从笼子里拖出来。士兵想方设法，折腾了半天，最后他用破布把手裹上，总算抓住了它，好不容易才把它从笼子里拖了出来。

士兵的整个脸都被抓伤了，就是隔着几层破布还觉得又烫手又冰手。

后来，等他捧着鹰出来，鹰到底还是回头看了士兵一眼，它那金色的目光灼伤了士兵的双眼，士兵顿时什么也看不到了。他倒在地上，鹰从他手上飞向了空中。

士兵知道自己失明之后，他没有哭。眼瞎了哭还有什么用？士兵躺在地上，忽然又听到：

"小兵，亲爱的小兵，你还活着吗？"

"好像还活着，"士兵说，"你怎么样，从白桦树里出来了吗？"

"出来了。"

"彻底出来了？"

"彻底出来了。这是魔鬼对我使的魔法。现在是你搭救了我，把我从树里放出来。这几只鹰都是我的亲兄弟。"

"还是你的兄弟呢，"士兵说，"铜鹰抓破了我的脸，金鹰又烧瞎了我的眼睛。"

"这不要紧，"姑娘说，"银鹰会救你的。"

这时，士兵听到一阵翅膀飞动的呼呼声音，随之感到有一只鸟落到了他的胸脯上。忽然，觉得有种什么东西滴到了他的眼睛里。他睁眼一看，是银鹰还站在他胸脯上哭泣，泪水正滴进他的眼睛。鹰的眼泪使他的双眼豁然明亮起来。

鹰飞了——士兵站起来。

他一看——有个姑娘，白桦姑娘。她的眼睛是深色的，就像白桦树皮上的黑色斑点。她的皮肤却不像白桦树皮那样雪白，而是像掩藏在表皮之下的那种柔和的粉红色。而她的衣衫的颜色却和白桦树皮一模一样。

她的一侧肩膀上站着铜鹰，另一侧肩膀上站着金鹰，而银鹰被她双手抱着，紧紧贴在她胸口上。

士兵正要迈步朝她走去，突然，天昏地暗，远方雷声隆隆。士兵明白——是魔鬼回来了。他端起了枪。

他们看到，魔鬼飞来了，带着一包取回的赏金。它双翅的翼膜遮黑了天空。乌云紧追在他身后，想用闪电战胜魔鬼。

魔鬼只顾逃避闪电的追击，不料正巧撞在了士兵的枪口上。

士兵把满膛的霰弹射了出去，只见一阵羽毛飞扬，赏金从包袱里震落出来，霎时间，乌云遮蔽了他们，大雨倾盆而下，淋得他们都赶紧眯缝起了眼睛。

等大家都睁开眼时，魔鬼不见了，乌云也消失了。

士兵见姑娘身旁站着三个小伙子。大家都笑了，因为他们全都淋湿了。这三个小伙子毛发的颜色各不相同：一个是红褐色，另一个是金黄色，第三个是银灰色，他这么年轻，头发却已经灰白了。

他们笑了好一阵子，因为他们都浑身透湿，又都刚刚摆脱了魔法。

笑过一阵之后，他们就手挽手地回家乡去了。士兵当然也和他们在一起。

他们开始在一起生活，成了一家人。

士兵经过反复考虑，终于同白桦姑娘结了婚。

"我爱她。"他坦诚地对她的兄弟们说。

士兵跟兄弟们相处得十分和睦，而且尤其喜欢银发弟弟。他为人诚恳，总使人感到那么亲切，但却常常像有什么心事。

（程文　译）

小小口技家

〔苏联〕谢·沃洛宁

有一个村子里住着一个有特殊本领的小孩，名字叫列西克。他能模仿各种鸟兽的声音。有时他钻进菜园，藏在灌木丛中，使别人看不见他，然后就开始学母鸡叫：

"咯咯——咯咯——咯——哒！咯咯——咯咯——咯——哒！"

就连大公鸡也无法分辨自己的母鸡的叫声与列西克的声音。

公鸡跳上篱笆，伸长脖子唱起来，声音洪亮，充满欢乐，它想让大家知道，母鸡下蛋啦。这时列西克躲在灌木丛中一个劲地笑，连公鸡都上他当了。

奶奶听见母鸡咯咯叫，忙跑到院子里，拉着长声说：

"真不知怎么搞的，这母鸡不在板栅里下蛋，又到菜园去……它怎么老是往那里跑呀！"

奶奶去找母鸡，找呀找，当然什么也没找到。因为母鸡根本没下蛋。而列西克笑得更厉害了，为了不使奶奶听到他的笑声，他用手掌捂着嘴笑。

又一次，列西克爬到一棵树上，开始学猫叫：

"喵，喵，喵。"

过了一会儿，全村的猫都跑来了。火红色的、灰色的、黑色的、白色的、蓬松厚软的、毛皮滑溜的，各种各样的猫都集中到这里。看来，有百来只，不会少于一百只。

"发生什么事啦！"奶奶惊奇地问，"老头子！你来，拿根棍子，把它们赶走！"

爷爷手里握一根棍子，东跑西跑，奶奶手里挥动扫帚，从院子里往外赶猫，而列西克坐在树上观望，他笑得险些从树上掉下来。

列西克小时候就是这样淘气的。后来，他长得大一些，开始往树林里跑。他看到有人去树林里采蘑菇，就藏在悬钩子树丛里，模仿狼的声音嗥叫：

"嗷——嗷嗷！呜——呜——嗷！"

所有去采蘑菇的人听到都感到毛骨悚然，有的甚至被吓得抛掉篮子，转身就跑。女人听到这种嗥叫，更是心惊胆战。

列西奉见此情景，哈哈大笑，笑得流出了眼泪。

他经常这样寻开心。有一次，他又开这种玩笑，结果，一只真狼听到嗥叫，应声而来。这是一只很平常的狼，灰色的，长着粗大的牙，红色的舌头吐在外面。

"你呼唤我有什么事吗？"狼吼道。

"我没呼唤你。"列西克吓得慌了神。

"你若不呼唤，我是不会来的。你说说，叫我来干什么？"

"我没呼唤，我只是叫着玩……"

"啊哈，你叫着玩？你误了我的大事。我正在追一只兔子，忽然听到你呼唤，我才跑到这里来。原来你是在捉弄我呀！"

"对不起，真对不起。"列西克说。

"什么叫'对不起'呀？我不懂这种词。"

"这意思是——请原谅。"

"'请原谅'？我也不懂。"

"那，那，我该怎样向你解释呢……"

"何必向我解释呢？我吃掉你。就完事了，我不要求任何解释。"于是，狼张开了血盆大口，想顺顺当当把列西克吃掉。"不过嘛，"狼说道，"要吃掉你，我总是来得及的。而你，既然你能模仿鸟兽声，你现在就给我召唤一只羊来。"

列西克高兴了，因为狼不吃他了。他卖力地学起羊叫：

"咩，咩，咩！咩，咩，咩！"

没过五分钟，就有一只羊从羊群中跑了过来。列西克看了看，认出来，这是爷爷和奶奶送给他的那只羊，送给他时，它只是个小羊羔。

"狼，你听我说，请你别吃这只羊。这是我心爱的羊。我给你换另外一只来。"列西克拖着哭腔请求着。

"好吧，虽然我早饿了，还是等一等。但是你不能换一只，得换两只羊来。要快！"

"咩，咩咩——，咩，咩咩——，咩——咩——咩！"列西克使足了气力叫着，转瞬间，就跑来两只羊。

列西克一看，发现这两只羊也是自己家的：一只是妈妈喂养的，另一只是奶奶喂养的。

"狼，你听我说，请你不要吃这两只羊，我给你换别的羊来。"列西克请求着。

"我没时间等啦！"狼龇着牙抓住一只羊的脖子，一会儿就把羊吃掉了，过了一会儿，又把另一只羊也吃掉了。"你真是好样的，你为我换来了肥美的羊。你以后就经常为我提供吃的吧！现在我睡一觉，你坐在这里，不许跑掉。若再让我捉住，就吃掉你！"说着，狼躺下睡觉。

"怎么办呢？"列西克想，"这样下去，狼将把所有的羊吃光。最后，我那只心爱的羊也将被吃掉。然后，连我也会被吃掉。应该赶快想个办法。应当把猎狗叫到这里来！"

列西克学起狗叫来。顿时他模仿的犬吠声传遍整个树林。狼惊跳起来，甚至顾不上望列西克一眼，撒腿就跑，它怕被别人发现。它逃得真及时，因为村里的狗都跑出来了，在狼的后面猛追。

不知道这些狗是否追上了狼。或许，追上了。因为从这天起，任何人在这个树林里也没再看到过狼。

从这天起，列西克不再吓唬人们了，也不再哄骗鸟兽上当了。如果有人提议请求他献技，他只是模仿母鸡或小猫叫，他再也不模仿狼嗥了。无论怎样请求他，他也不学狼嗥了。

（高陶　译）

傻瓜城的傻瓜和一条傻鲤鱼

〔美国〕辛格

在海乌姆这个傻瓜城，每个家庭主妇都买鱼过星期日。有钱人买大鱼，穷人买小鱼。星期四把鱼买来，杀好，切碎，星期五加上盐、洋葱、胡椒做鱼糕，在星期日吃。

星期四早晨，海乌姆市长蠢牛格罗纳姆家的门打开，笨蛋泽因韦尔走进来，捧来一大木盆水。水里有一条活蹦乱跳的大鲤鱼。

"这是什么玩意儿?"格罗纳姆问他说。

"是海乌姆城的聪明人送给您的。"泽因韦尔说，"这是海乌姆湖从未捉到过的最大的鲤鱼，我们大家一致决定把它送给您，向您伟大的智慧致敬。"

"非常感谢。"蠢牛格罗纳姆回答说，"我的老伴延特·佩莎一定会很高兴。她和我都爱吃鲤鱼。我在书里读到过，吃鲤鱼脑子可以增加智慧，即使我们在海乌姆城极其聪明，但也不妨再聪明一点。

不过让我靠拢点看看它。我听说鲤鱼的尾巴能显示出它的脑子有多大。"

蠢牛格罗纳姆是出名的近视眼，当他向木盆弯下腰来要更好地看看鲤鱼尾巴的时候，这条鲤鱼做出了一件事，证明它并不像格罗纳姆想的那么聪明。它举起尾巴，在格罗纳姆脸上啪哒一声狠狠地就是一个耳光。

蠢牛格罗纳姆大吃一惊。"这种事我还从来没碰到过。"他叫起来说，"我无法相信这条鲤鱼是从海乌姆湖捉到的。海乌姆的鲤鱼可懂事得多。"

"它是我有生以来所看到的最下流的鱼。"笨蛋泽因韦尔附和说。

海乌姆城尽管很大，消息却传得很快。一转眼工夫，海乌姆城其他几大聪明人都来到了他们市长蠢牛格罗纳姆的家。傻瓜特莱泰尔来了，蠢驴森德尔来了，戆大什门德里克来了，呆子莱基希来了。蠢牛格罗纳姆说："星期日我不吃这条鱼。这条鲤鱼是条傻瓜鱼，而且万分恶毒。我吃了它不但不会变聪明，反而会变傻。"

"那我拿它怎么办呢？"笨蛋泽因韦尔问道。

蠢牛格罗纳姆把一只手指头放在头顶上，表示他正在拼命地苦想。过了一会儿他叫出来："在这儿海乌姆城，没有人也没有动物可以打我蠢牛格罗纳姆的耳光，这条鱼理应受到惩罚。"

"咱们该怎么罚它呢？"傻瓜特莱泰尔问道，"说到杀，所有的鱼反正都要杀，又不能把它杀两次。"

"它不该像其他鱼那样被杀。"蠢驴森德尔说，"应该用别的办法处死它，让大家看到，没有人可以打了咱们敬爱的聪明人蠢牛格罗纳姆而不受到惩罚。"

"那怎么处死它呢？"戆大什门德里克想不出办法，"也许是把它关起来吧？"

"在海乌姆城没有关鱼的监狱。"笨蛋泽因韦尔说，"现造一个这样的监狱，花的时间又太多了。"

"那是不是把它吊死？"呆子莱基希建议说。

"怎么能吊死一条鲤鱼呢？"蠢驴森德尔反问，"吊死一样动物只能吊脖子，鲤鱼没有脖子，又怎么能吊死它呢？"

"依我说得把它活活地扔给狗吃。"傻瓜特莱泰尔说。

"这不行。"蠢牛格罗纳姆回答说，"咱们海乌姆城的狗又机灵又彬彬有礼，它们吃了这条鲤鱼就会变得跟它一样又愚蠢又下流。"

"那咱们怎么办呢？"所有的聪明人问道。

"这件事需要从长考虑。"蠢牛格罗纳姆决定说，"咱们就让这鲤鱼待在水盆里吧，这件事该考虑多久就考虑多久。作为海乌姆城最聪明的人，我一定要作出一个为全海乌姆城市民佩服的判决。"

"鲤鱼在水盆里待久了会死的。"过去做过鱼买卖的笨蛋泽因韦尔说，"要它活着，必须把它放到大木桶里，水要经常调换。还要定时喂它吃东西。"

"您说得对，泽因韦尔。"蠢牛格罗纳姆告诉他，"去找个全海乌姆城最大的木桶，让鲤鱼养在它里面，健康地活到审判的那一天。

等我想出办法来，会告诉你们的。"

不用说，格罗纳姆说的话在海乌姆城就是法律。五大聪明人去找到了一个大木桶，里面装满了新鲜水，把罪犯鲤鱼放进去，再放进去一些面包头、最好的白面包以及鲤鱼可能爱吃的其他东西。格罗纳姆的听差什莱米耶尔守着木桶，保证不让海乌姆城贪心的家庭主妇把关禁闭的鲤鱼偷去做鱼糕。

结果蠢牛格罗纳姆要做的决定太多了，就把这个判决拖延了下来。鲤鱼看来一点不着急。它吃它的，在木桶里游来游去，甚至比原来还肥大，一点儿也不知道要面临一次严厉的判决。什莱米耶尔经常换水，因为他被告知，如果鲤鱼死了，这将是对蠢牛格罗纳姆和海乌姆城法庭的一种藐视行为。送水的尤克尔每天给鲤鱼送水可以多收入几个子儿。一些反对蠢牛格罗纳姆的海乌姆人散布谣言，说格罗纳姆不过是想不出好办法来惩罚这条鲤鱼，于是只好等着鲤鱼享尽天年，寿终水桶。可跟向来一样，等待着他们的只是巨大的失望。半年后的一个早晨，判决终于宣布了，判决一宣布，海乌姆城所有的人个个目瞪口呆。判决是把鲤鱼投水淹死。

在此以前，蠢牛格罗纳姆想出了不少聪明的判决办法，可都不像这一个办法英明。连他的敌人都对这个聪明的判决惊叹不已。对一条长着大尾巴、小脑子的可恨鲤鱼来说，淹死它真是再合适不过的死刑了。

到了行刑那一天，全海乌姆城的人都聚集在湖边看这一判决执行。比原先大了几乎一倍的这条鲤鱼用押送死囚到刑场的车送到湖边来。鼓手敲响了铜鼓。号手吹起了号。海乌姆城的行刑官举起了沉甸甸的鲤鱼，很响地扑通一声，把它投到湖里去了。

海乌姆城市民发出一片震耳的欢呼："打倒奸贼鲤鱼！蠢牛格罗纳姆万岁！乌啦！"

格罗纳姆被他的崇拜者们抬起来送回家去，一路上响起了赞歌。有些海乌姆城姑娘向他大撒鲜花。连他的老伴，延特·佩莎，虽然平时常常说格罗纳姆不是，甚至胆敢骂他傻瓜，这时候也被格罗纳姆的无比聪明所感动了。

在海乌姆城跟在任何地方一样，有一些妒忌的人总是找别人的岔子，他们开始张扬说根本无法证明这条鲤鱼真的淹死了。他们问道：一条鲤鱼怎么能在湖水里淹死呢？他们说：千百条无罪的鱼在每一个星期四被杀死，而那条傻瓜鲤鱼却用纳税人的钱享了一个月又一个月的福，最后又完好又健康地返回湖里，它正在那里大笑海乌姆城的法庭呢。

可是没有什么人听这种恶意中伤的话。大家指出，好几个月过去了，那条鲤鱼再也没有被捉上来过，这就充分说明它已经死了。诚然，这条鲤鱼也很可能决定加倍小心，避开渔人的网。可是一条打蠢牛格罗纳姆耳光的傻瓜鲤鱼又怎么会这样聪明呢？

尽管如此，海乌姆城的聪明人为了稳当起见，还是公布了一项命令：如果这条该死的鲤鱼硬不肯被淹死，重新捉上来的话，就要给它专门造一个监牢，就是一个把它关到死为止的池子。

　　这项法令用大字印在海乌姆城官方公报上，下面有蠢牛格罗纳姆的签名，还有五大聪明人的签名——傻瓜特莱泰尔、蠢驴森德尔、戆大什门德里克、笨蛋泽因韦尔和呆子莱基希。

　　　　　　　　　　　　　　（任溶溶　译）

三个愿望的故事

〔美国〕辛格

　　法兰坡是个小镇，该有的都有：一间小学、一座教堂、一位教士、一家救济院和几百家居民。每逢礼拜四，附近村子的农民都来镇上赶集，卖谷物、土豆、小鸡、蜂蜜，同时买回盐巴、煤油、胶鞋以及别的杂货。

　　镇上有三个孩子经常一起玩：七岁的施罗马（大家叫他所罗门）、六岁的妹妹艾丝色和他们的好朋友莫舍。莫舍跟施罗马差不多大。

　　一次，施罗马和莫舍听人说，结茅节最后一天的晚上，天幕上会开出一扇门户，谁要是看见了，在一分钟里说出愿望，这个愿望就会实现。

　　三个孩子经常讨论这件事。施罗马说，他希望自己像所罗门卫那样聪明而富有；莫舍说，他希望将来像梅莫涅兹教士那般有学问；

艾丝色呢，希望长大以后像艾司塞王后那样美丽。经过讨论，三人决定结茅节最后一天结伴坐在一起，等待天幕开启时马上说出各人的愿望。

他们都早早上床，不过这天晚上他们三人假装睡熟，等大人们睡着了，便偷偷起来溜出大门到教堂院子里碰头，坐等奇迹出现。

漫漫黑夜没有月光，真得有点胆量呢。他们曾听人说，魔鬼经常在夜幕下出来拦劫夜行者，僵尸也在夜半觅食，在教堂里念经，谁要是正好经过教堂，就要被拉进去背圣经，非常可怕！施罗马和莫舍特地穿了镶边外套，艾丝色系了两个围裙，一个系胸前一个系背后，这样可以抵挡魔鬼的法术，不过他们心里还是有些发毛。远处，一只猫头鹰在叫。艾丝色想起有人说过蝙蝠飞翔时如果抓着了谁的头发，谁就会在这一年里死去。所以她用一块手绢把头发紧紧裹住。

一小时过去了，又一小时过去了，天幕仍旧没有开启。三个孩子觉得又累又饿。

突然，一道闪电划开了天幕，他们看见了天神、天使、小孩的火红的战车，还有郁各布梦中的天梯，长着翅膀的天使在上下飞舞，就像圣经里描述的那样。一切都发生得这么突然，三个孩子把自己的愿望都忘了！

艾丝色急匆匆说："我饿了，我要一张薄馅饼。"

立刻，一张薄馅饼出现在他们面前。

施罗马看见妹妹的愿望成了一张薄薄的馅饼，很生气，骂道：

"傻丫头，真巴不得你自己成一张薄馅饼！"

立刻，艾丝色成了一张薄馅饼。

莫舍非常爱艾丝色，他看着自己心爱的人成了一张薄馅饼，急得哭起来！时间很紧迫，一分钟就要完了，他赶快叫道："把艾丝色变回来！"

这样，艾丝色又变回来了，天幕也重新合拢。

三个孩子的愿望全落了空，他们伤心得哭了。这时候，伸手不见五指，天更黑了。他们要回家，可是却迷路了，只觉得双脚在往上爬，可是法兰坡镇根本没有山。爬呀爬呀，忽然面前出现一位白胡子老爷爷，一手拄着拐杖，一手挑着灯笼；长袍又宽又大，腰间系一条白色的腰带，一阵风吹来，腰带飘呀飘，可是蜡烛光却从不闪动。

老爷爷问："你们上哪去？为什么哭哇？"

施罗马就把他们有三个怎样美好的愿望、怎样等待天幕开启、又怎样浪费了三个美好的愿望等等说了一遍。

老爷爷安慰他们："美好的愿望是不会浪费的。"

"可能魔鬼存心捉弄我们，使我们忘了美好的愿望，"莫舍说。

"结茅节是个吉利日子，魔鬼起不了作用。"老爷爷说。

"那干吗天幕要捉弄我们呢？"艾丝色问。

"天幕没有捉弄你们，"老爷爷说，"倒是你们想捉弄天幕。你们要知道，没有经验谁都不会变得聪明；不学习谁都不会变得有知识；至于你，小姑娘，你已经很美丽，不过外表的美丽还需要心灵的美丽来匹配。艾司塞王后把自己的全副身心都献给了她的人民；你这么小，还办不到呢。你们三个人的愿望都很美好，可是都困难哪！"

"那我们该怎么办呢?"孩子们问。

"回家吧，好好努力，美丽的理想需要刻苦和坚持。"

"你是谁呢?"

"我是守夜神。"

老爷爷说完就不见了。孩子们发现自己站在教堂的院子里，就赶快回家一头钻进被窝睡熟了。

从此，三个孩子守口如瓶，心上都有一个共同的秘密。

日子一年又一年过去，施罗马一天比一天用功。他读了好些有关历史、地理、文学、艺术以及金融财贸等等的书籍，成了很有学问的人，当上了波兰国王的顾问，大家说他是"无冕之王"，是"波兰的所罗门"。

莫舍则对宗教特别热心，圣经和犹太教的法典能倒背如流。他写了许多关于宗教的书，成了当时的宗教权威。

艾丝色也长大了，她高挑秀丽，才貌双全。好些富贵人家上门说媒，不过艾丝色只喜欢莫舍，莫舍也只爱她。

法兰坡镇德高望重的老教士去世后，莫舍接替了他。教士必须有妻子，他便娶了艾丝色。

全镇的人都来参加他们的婚礼。施罗马坐一辆六驾马车来了，前后拥着许多侍从官。婚礼大厅响起了音乐，先是新娘新郎共舞，新娘牵着手绢的一头，新郎牵着另一头；然后按传统由来宾轮流伴舞。有人问道："大家都跟新娘跳过舞了吗?"有人答道："除了守夜人,都跳过了。"话音刚落,一位长者忽然出现在大家面前。他一手提着手杖,一手挑着灯笼,长袍又宽又大,腰间系一条洁白的腰带。新娘新郎立刻认出了这位老爷爷。老爷爷把手杖和灯笼放在旁边的凳子上,走到新娘身边,牵起手绢与新娘共舞。来宾们从没见过这位长者,一个个有点目瞪口呆;乐队也不认识他,不知不觉忘了演奏,一时间大厅变得肃静,连窗外蝈蝈的声音也传了进来。老爷爷跳完舞,把灯笼高高挑起交给莫舍说:"让明灯照亮你的前程。"他又把手杖交给施罗马说:"让这手杖护卫你终身。"然后他解下洁白的腰带交给艾丝色说:"让这条腰带把你和人民紧紧连在一起。"

说完,老爷爷就不见了。

施罗马、莫舍和艾丝色珍藏着老爷爷的礼物,牢牢记住了老爷爷的嘱咐,三个人为人民做了许多好事,都活到了百岁高龄,莫舍教士临终前把他们三人心中的秘密告诉了法兰坡镇的人民,他说:"有志者事竟成,对于锲而不舍的人来说,高尚的目标一定能实现!"

（周林东　译）

门纳塞赫的梦

〔美国〕辛格

　　门纳塞赫是个孤儿。他住在门德尔叔叔家里。门德尔是个穷玻璃匠，连自己的孩子都无法养活。门纳塞赫已完成宗教学校的学习，过完秋假就要跟一个书籍装订匠去学徒。

　　门纳塞赫一直是一个好奇心重的孩子。他从一会讲话就开始提问题：天有多高啊？地有多深啊？天那边还有什么东西啊？人们为什么要出生呀？他们为什么又要死呀？

　　夏季的一天，炎热而又潮湿。一层金色的薄雾笼罩着村庄。太阳像月亮那么小，像黄铜那样黄。狗夹着尾巴慢慢地跑。鸽子落在广场中央。山羊卧在茅屋檐下，甩着胡子在反刍。

　　门纳塞赫同婶娘德沃莎吵了一架，没有吃午饭就离开了家。他约莫有十二岁，长脸庞，黑眼睛，双颊深陷。他穿着一件破外衣，打着赤脚。他唯一的财产是一本读过几十遍、破烂不堪的故事书。

书名叫《孤身入林海》。他住的村庄位于一片森林中。森林像条带子环绕着村庄，据说一直延伸到卢布林那么远的地方。时值乌饭果成熟的季节，满世界还可以找到野生的草莓。门纳塞赫穿行在草地和麦田间。他肚子饿了，折了根麦秆，嚼起麦粒来。几头牛卧在草地上。天气太热了，牛尾巴甩起来都赶不走满身的苍蝇。草地上站着两匹马，一匹的头贴近另一匹的屁股，陷于马所特有的那种沉思。在一块荞麦地里，这个男孩子惊奇地看到，一只乌鸦落在一个吓唬乌鸦的稻草人戴的破帽子上。

门纳塞赫一走进树林就觉得凉爽多了。那些松树笔直地挺立着，浅褐色的树皮上挂着金黄色的项链，那是透过松针闪耀的阳光。布谷鸟和啄木鸟的叫声在林中回荡，一只看不到影子的鸟儿不断发出单调而奇怪的尖叫声。

门纳塞赫小心翼翼地跨过一道道像枕头似的青苔。他蹚过一条浅溪，溪水在大大小小的石头上欢快地流淌。树林中很宁静，但又充满各种声音和回响。

他在树林中徜徉，越走越远。通常，他总是在身后放些石子做记号，但今天却没有。他感到孤寂，头痛，双膝无力。他暗自思忖，我莫非生病了？我也许要死了。那样，我很快就会见到爸爸妈妈了。他走到一片乌饭果地，席地而坐，摘下一个又一个果子，扔到嘴中。但是，果子并没有解除他的饥饿。乌饭果丛中，种着花，花枝散发着袭人的芳香。对此，门纳塞赫并未察觉。他平身躺在林地上，酣然入睡。在睡梦中，他仍在行走。

树木越发高大，气味更加浓烈，巨大的禽鸟在树枝间飞翔。太阳快要落山了。林木逐渐稀疏。他很快就走出树林，来到一片平原上，傍晚的天穹显得阔大辽远。突然，晚霞夕照中出现一座城堡。门纳塞赫还从未见到过这样漂亮的建筑。城堡的房顶是用白银做的，一座水晶塔耸立其中。城堡有许多窗子，每个窗子都像建筑物本身一样高大。门纳塞赫爬上其中一个窗子，向里边窥探。他看到，对面墙上挂着他自己的画像。他穿着他从未有过的华丽的衣服。巨大的房间空空如也。

他不禁纳闷："城堡中为什么空无一人呢？我的画像为什么挂在墙上呢？"画中的少年像个活人，耐心地等待着什么人的到来。不一会儿，原来一扇门都没有的房间，几扇门都打开了，几个男女走进来。他们身穿白色的绫缎，女的还戴着珠宝首饰，拿着有烫金封面的节日专用祈祷书。门纳塞赫双目凝视，不由惊呆了。他从中认出了自己的父亲、母亲、爷爷、奶奶，还有其他亲属。他真想跑上前去，拥抱、亲吻他们。然而，窗玻璃挡住他的去路。他不禁哭起来。曾当过书记员的爷爷托比亚斯见情拨开众人来到窗前。这位老人的胡须像他穿的长衫一样白。他看上去既古老又年轻。他问道："你为什么哭呀？"尽管窗玻璃把他们隔开了，他的问话，门纳塞赫仍听得一清二楚。

"您就是我爷爷托比亚斯吗？"

"是啊，我的孩子。我是你爷爷。"

"这座城堡属于谁？"

"属于我们大家。"

"也属于我?"

"当然啦,属于我们全家。"

"爷爷,让我进去吧,"门纳塞赫喊道,"我想同我父母讲话。"

爷爷慈爱地看着他说:"总有一天你也会来这儿与我们同住的,只是时候还不到。"

"我还得等多长时间?"

"这可是个秘密。但不会等许多许多年。"

"爷爷,我不想等很久。我又饿又渴又累。请让我进去吧。我想爸爸、妈妈、您和奶奶。我不想当孤儿。"

"我的乖孩子。这一切我们都知道。我们想念你,我们爱你。我们也都在等待着那个团聚的时候,但你必须要有耐心。你还要走很长的路才能来到这里与我们同住。"

"请让我只进去待几分钟好吗?"

托比亚斯爷爷离开窗子,去同其他家庭成员商量。他回到窗前后说:"你可以进来,但只能待一小会儿。我们带你去看看这座城堡,还让你看看我们的一些珍宝,然后你必须离开。"

一扇门打开了,门纳塞赫走进去。他刚迈过门槛,饥饿和疲劳就消失了。他一把抱住父母,他们亲他,拥抱他。可是,他们一句话也不说。奇怪的是,他感到浑身轻飘飘的。他飘动起来,全家人也跟着他飘动起来。爷爷打开一道门,又打开一道门。而每打开一道门,门纳塞赫的惊异就增加一分。

　　有一个房间放满衣服架子，架子上都是男孩子的衣服——裤子、外套、衬衫、外衣。门纳塞赫发现，这些都是他记事以来穿过的衣服。他还认出了自己穿过的鞋袜和睡衣，自己戴过的帽子。

　　第二扇门打开，他看到那里的所有玩具都是他玩过的；那些用铁皮做的士兵，是爸爸给他买的；那个爱蹦跳的丑角，是妈妈从卢布林博览会上买回来的；那些口哨和口琴也是他的；那个玩具熊，是爷爷在过普珥节时送给他的；那个木马，是施普琳泽奶奶在他六岁生日时送的礼物。在一张桌子上，放着他练字用的笔记本，他用过的铅笔和《圣经》。《圣经》的封面打开着，上面印着那张熟悉的版画：摩西捧着圣牌，亚伦穿着祭司长袍，两个人被一圈长着六个翅膀的天使包围着。他注意到，他的名字写在专为签名用的空白处。

　　门纳塞赫惊异未定，第三扇门打开了。这个房间里到处是肥皂泡。这些肥皂泡不像通常那样会破裂，而是悠悠飘动，反射出彩虹的各种颜色。其中有些映照出城堡、花园、河流、风磨，还有许多其他景物。门纳塞赫知道，这些肥皂泡是他过去用他喜欢的那个吹管吹起来的。现在，它们似乎都有了自己的生命。

　　第四扇门打开了。门纳塞赫走进一个房间，里面空无一人，但却充满欢快的谈话声、歌声和笑声。门纳塞赫听到自己说话的声音，还有他同父母在家时曾唱过的歌声。他还听到了过去一块玩耍的伙伴们的声音，虽然有些人他早就忘却了。

　　第五扇门通往一个大厅。大厅里人群熙攘。那是父母在哄他睡觉时讲的故事中的人物，那是《孤身入林海》中的男女主人公。所有那些人物都在场：武士大卫和从囚禁中救出来的埃塞俄比亚公主；劫富济贫的强盗班都列克；巨人维利坎，他一只眼长在额头中间，右手拿着一棵桦树作手杖，左手拿着一条蛇；侏儒庇泽利斯，他的胡须拖在地上，他是令人生畏的米罗达国王的弄臣；长着两个脑袋的巫士马尔基泽狄克，他用巫术将一些天真无邪的女孩子骗到所多玛和蛾摩拉大沙漠。

门纳塞赫还没有来得及将在场的人分辨，第六扇门开了。这里的一切都在不停地变幻。房间的墙壁像木马一样在旋转。事件一一闪过。一匹金马变成了一只蓝蝴蝶；阳光一样明丽的玫瑰花变成一只高脚杯，从中飞出火红的蚱蜢、紫色的农牧神和银色的蝙蝠。沿着七个台阶走上去，是一个金碧辉煌的宝座，所罗门王坐在上面，长得有点像门纳塞赫，头戴王冠，脚下跪着希巴王后。一只孔雀在开屏，用希伯来语同所罗门王讲话。像祭司一样的利未人在弹七弦琴。巨人们在空中舞剑；骑狮子的埃塞俄比亚奴仆端来盛满葡萄酒的高脚杯和装满石榴的托盘。门纳塞赫一时竟不知这是在干什么。后来，他才意识到，他看到的是梦境。

在第七扇门后，门纳塞赫看到一些男人、女人、动物和许多全然陌生的东西。这些人和动物的形象不像其他房间里那样栩栩如生。他们的形体是半透明的，雾气缭绕。门槛上站着一个像门纳塞赫那样年龄的女孩子。她梳着很长的金黄色发辫。门纳塞赫虽然看不清她的面容，却当即喜欢起她来。他第一次转过身来问爷爷："所有这一切都是干什么的？"爷爷回答道："这些都是你未来遇到的人和事。"

"我现在在哪里?"门纳塞赫问。

"你在一个有许多名字的城堡中。我们喜欢叫它为万无一失的所在。这里还有许多奇迹,但现在到时间了,你必须离开。"

门纳塞赫想同父母和祖父母一起在这个奇特的地方永远住下去。他以探询的目光望着爷爷,爷爷摇摇头。门纳塞赫的父母看来是既希望他留下来,又希望他尽快离开。他们仍是一言不发,只向他打手势。门纳塞赫明白了,他的处境很危险。这一定是个禁地。父母默默地向他道别,他们的亲吻打湿了他的双颊,感到火辣辣的。这时,一切都无影无踪了——城堡、父母、祖父母,还有那个女孩子。

门纳塞赫打个寒战,醒了过来。林中已是夜晚。露水泛起。高高的松树冠之上,一轮满月吐着清辉,满天星斗在闪烁。门纳塞赫凝视着一个女孩子的面孔,她正俯身看着自己。她打着赤脚,穿着一条打补丁的裙子。她那修长的发辫在月光下闪着金光。她摇着他的身子说:"起来吧,起来吧。天晚了,你不能待在这个森林里过夜。"

门纳塞赫坐起身。"你是谁?"

"我是采草莓的。我在这里发现你。我一直在想法把你弄醒。"

"你叫什么名字?"

"姗妮莉赫。我们是上礼拜搬到村子里来的。"

她看上去很面熟,但他记不得过去在什么地方见过面。忽然,他想起来了。她就是在他苏醒之前在第七个房间里看到的那个女孩子。

"你躺在这里像死人一样。我看到后吓了一跳，你刚才是在做梦吗？你的面孔苍白，你的嘴唇一直在动。"

"对，我确实做了一个梦。"

"梦见什么？"

"一座城堡。"

"什么样的城堡？"

门纳塞赫没有回答，少女也没再问。她向他伸出手，帮他站起来。他们一道起身回家。月光好像从来没有这样明亮，星星从来没有这样亲近。他们走着，拖着他们的身影。无数的蟋蟀在鸣唱。青蛙用人一样的声音咕咕叫。

门纳塞赫知道，他回家晚了，叔叔会生气的。离开家时没有吃午饭，婶娘会骂他的。但是，这一切都无关紧要。在睡梦中，他访问了一个神秘的世界。他找到一个朋友。姗妮莉赫和他已经商定，明天就去捡莓子。

在灌木丛和野蘑菇中间冒出一些着红衣、戴金帽、穿绿靴的小人儿。他们围成一圈跳舞、唱歌。他们的歌声，只有那些懂得万物皆生、应时之物永不失却之理的人才能听到。

（高秋福　译）

心想事成

〔美国〕琼·艾肯

你得承认，玛蒂尔达实在是个不幸的孩子。这不仅因为她有三个名字，且一个比一个糟糕——玛蒂尔达、爱丽莎、阿格莎——还因她的父母在她出生不久便去世了，孤零零的她被六个姑姑抚养；这几位可都是精力充沛的女人。星期一玛蒂尔达要跟阿琪姑姑学代数和算术；星期二同比蒂姑姑学生物；星期三同赛西姑姑学古典文学；星期四同多莉姑姑学舞蹈和仪态；星期五跟艾菲姑姑学技能；星期六同弗洛莉姑姑学法语。星期五可是最要命的一天，因为艾菲姑姑总是突如其来地教她做这做那——有时是烹饪，有时是洗衣，有时又是烧水。（"看你，从来不知道现今的女孩子需要什么。"艾菲姑姑真切地说。）

所以只有在星期天玛蒂尔达才能松一口气，这可得感谢她的救星——她的第七个姑姑，杰蒂，她在多年前就去国外了，而且从不用担心她会回来教她地理和语法。也只有在这一天，她才能干点儿自己爱干的事儿。

然而，可怜的玛蒂尔达还是没能完全逃脱杰蒂姑姑，从她七岁生日起，每逢生日她都能收到姑姑给她寄的表达美好祝愿的小诗。诗写在一张粉红色的纸上，镶着银色花边，签有"杰鲁特·伊莎贝尔·琼斯致她最心爱的侄女"。这些诗句尽管美妙，但可怕的是每个祝愿都无一例外地要实现。比如在她八岁生日时，写道：

小天使，你已八岁，

光灿灿的礼物为你增添光辉，

来临的一年里，

玫瑰色的朝霞将你唤起。

夺目的礼物倒是真棒——有手电筒、夜明表、别针、纫针，还有一个钢制的小演说台，一个玲珑剔透的、上写着"玛蒂尔达"的银胸针，在她忘记名字时可顶用了。但这玫瑰色的早晨可真恼人。你想，早晨玫瑰色的天空是牧羊人的警报。结果，杰蒂姑姑这美妙的诗句带来的是一整年的每天一场雨。

另一首诗是：

每早结识新朋友，

伴你天明到日落，

欢乐嬉戏一整天，

明媚阳光打发光。

在这一年中，她那点可怜的业余时间全被新结识的小朋友们占据了——365个。每早她都得认识新朋友——费尽心机地逗她玩，同她嬉戏。姑姑们抱怨她的功课总被干扰。最糟糕的是她一点也不喜欢那些朋友——有些太疯狂爱闹了——有时她正牙疼时他们却偏要玩扔垫子的游戏，有时二十一人凑在一起，逼着她玩她最憎恶的曲棍球。尽管阳光明媚，她还是闷闷不乐，因为她忙于打发他们，从没有时间尽情享受。

迷失的你长途跋涉、饥渴顿踣，

你的朋友就在你的近旁，

每日你都要去流浪，

夜晚又回到你温馨的小床。

又是一个恼人的祝愿。玛蒂尔达发现自己总得被迫走又远又乏味的路，而且风雨无阻。尽管朋友们总是擦肩而过，于她却毫无帮助，因为他们经常骑车或坐车路过，却从不让她搭车。

然而，年龄渐长，诗对于她来说也不再那么乏味了。她开始欣赏花园里蓝鸟的欢叫，陶醉于窗台上绚丽的玫瑰花瓶。没人知晓杰蒂姑姑住在哪里，在她的生日问候上她也从不落地址，所以根本无法给她回信感谢她变幻莫测的美意，或暗示她措辞要多加小心。但玛蒂尔达却期待有一天能与她见面，她猜想她一定是个饶有情趣的人物。

"你从来不知道她下一步会干什么，"赛西姑姑说，"她是个粗心大意的女孩，总是惹出没完没了的麻烦来。但得承认：她确实是个心地善良的好人。"

当玛蒂尔达十九岁时，她在赈济所工作了，那是一个令人愉快的地方，那里使用固定模式的文章，无须变换。在正门口放着一个标有"普通渠道"的大篮子，凡是人不愿答复的信都放在那里，每三个月，进行重新分拣，再分发给不同的人。

玛蒂尔达在这里悠闲自在，十分惬意。每逢周日她就去看望六位姑姑，她几乎将第七个姑姑淡忘了，直到她二十周岁生日来临，可她的姑姑，可没忘了这个。

在她生日那天早晨，玛蒂尔达醒得很晚。急于上班，她将那些还没打开的信统统塞进了口袋，等着有空儿再看。直到差十分钟十一点她才腾出时间看信。她自己琢磨，可能因为她十一点出生的吧，她的生日只有在十一点后才算开始。

大部分信都来自她那365个朋友，但那粉红色的镶着银色花边的信封也在其中，略有些惴惴不安地，她打开了信：

闲逸的时光属于你，

你的工作其乐无穷，

温馨的日子拥抱着你，

你的路由鲜花铺成。

手中粉红色银花边的信封上写着："疼爱你的杰鲁特姑姑。"

玛蒂尔达正在品味其中含义时，外面走廊里响起一阵锣声。这是每人停下工作、到走廊的一个餐车那儿买面包和咖啡的时间。玛蒂尔达丢下信同其他人一道出去了，边呷着咖啡，边同伙伴们闲聊，她将那首诗早抛在了脑后，直到赈济所所长的声音从走廊传了过来。

"这都是些什么啊？怎么弄的？"他问。

餐车周围的人都转过来看，两朵红霞飞上了玛蒂尔达的面颊，一些咖啡溅在了地板上。沿着走廊铺的考究的褐色地毯上，长满了五彩缤纷的各类植物——雏菊、风轮草、番红花、含羞草、指顶花、郁金香和莲花。某种意义上讲，这倒更像是一个丛林。所长大人正涨红着脸拨开绿叶向外走呢。

"谁干的？"他问。但是没人回答。

玛蒂尔达悄声离开人群，穿过花丛回到房间。沿着她的足迹，留下了金凤花和杜鹃花的痕迹，直通到她的办公桌。

"大概是不能就此完结的。"她无助地想。正如她所料，维比乐先生，这位分配总管立刻注意到，当他的秘书进入他办公室时，一件奇异的事情正在发生。

"琼斯小姐，"他说，"我不愿干涉他人私事，但你是否注意到你走过的地方，总是能留下鲜花？"

"我知道，但我无能为力。"她说。

维比特先生可不习惯这种情况，当他的秘书进入办公室时总留下花瓣啦、樱草花啦，还有那罕见的仙人球什么的。

"那花虽然漂亮，但却没用。"他说，"花简直要长满这个走廊了，我简直无法想象这些花再长高一点儿，这屋子会成什么样。我想你也会无法忍受的，琼斯小姐。"

"你不会认为我是有意这么干的吧？"玛蒂尔达说，"我也毫无办法，这花怎么老长。"

"这种情况恐怕你也无能为力，"维乐比先生回答说，"我总不能让花在我们所这样繁殖下去吧，琼斯小姐，我很遗憾将失去你。你非常精干，我可以问一下是什么引起这种无可奈何的事的？"

"是一种咒语。"玛蒂尔达说。

"我亲爱的小姑娘，"维乐比先生急切地说，"你不是有国家魔法保险卡吗？天！你怎么不去魔法师那里求援呢？"

"我从未想过这些，"她坦白地说，"午休时间我再去吧。"

玛蒂尔达还是挺幸运的。穿过广场，魔法师的办公室就坐落在她们所对面，所以没费多大劲儿她就到了，尽管那镇政府的人们也搞不清草坪上怎么会突然长出那些罕见的异种鲜花来。

魔法师兴致勃勃地接待了她，让她陈述一下她神奇的遭遇。

"简直是中了魔了。"玛蒂尔达说。俯身一看，她椅子旁边，一朵粉红色的玫瑰正在那儿不屈不挠地生长呢。

"如果这样，我们将尽快帮你解决。如果你愿意，先填张表吧。"

他将印制的表格从桌子那侧推了过来。

玛蒂尔达填了自己的姓名、地址、魔法性质以及日期，但当她填到施魔法人的姓名和地址时，她停住了。

"我不知道她的地址。"她说。

"恐怕你必须得弄到它。没有地址，我们也束手无策。"魔法师回答道。

玛蒂尔达抑郁地离开了那里，这位魔法专家也只能建议她在《时代》杂志和《国际魔法公告》上登一则启事，她还是照着办了。

"杰鲁特姑姑请赠给可怜的玛蒂尔达最后一首诗吧。"

当她在邮局发这则启事时（由于她"种"下一片勿忘我花而引起骚动），她写了一封辞职书并寄给了维乐比先生，然后沮丧地来到最近一家地下火车站。

"你身后长的什么呀？"一个男子在自动梯顶端问她。她回头一看，从入口处到她脚下长着一道水仙花。她匆忙跑下楼梯。当她跑到底部一个拐角处时，一个愤怒的声音告诉她那盛开的百合花干扰了自动梯工作，它已中止了运行。

她企图躲在月台的一个昏暗的角落，可还是被气急败坏的车站工作人员给揪了出来。

"你搞什么名堂？"他一边摇着她的胳膊肘，千边对她说，"我们得用三天时间才能让车站恢复正常，你瞧你把我们月台搞成什么了！"

石板开裂了，几束牡丹花正顽强地生长着，都快把铁轨阻塞了。

"这不是我的过错——真的不是。"玛蒂尔达结结巴巴地说。

"我们公司会为此控告你的，你知道吗?"他开始训她。正好一列火车进站，她推开他，跻身进入了邻近的车门。

她开始感谢这不期而至的福星，但她还是高兴得太早了。一种刺鼻的、沁人心脾的辣味从她脚下弥漫开来，她脚下竟长出了开着白花的大蒜来。

当杰蒂姑姑最终从一本已过期十个月了的《国际魔法公告》中得知了这则启事时，她打好行装，火速登上了飞机。因为她还是像赛西姑姑描述的那样——粗心大意，但却是个顶好心的人。

"这可怜的孩子在哪儿?"她问阿琪姑姑。

"她是够可怜的，"她姐姐尖刻地回答，"很遗憾你没早点回来，使她这二十年都在痛苦中度过。你在外面的凉亭里能找到她。"

可怜的玛蒂尔达，自从她离开赈济所就搬出去住了，因为她的姑姑们虽是十分客气，但却十分坚决地说她们不想让这屋子里到处都是绿色植物。这倒也可以理解。

她有一把斧子，每天傍晚，她都用它砍倒那茂密的花丛。至于她的其余时间，她就尽可能原地不动，靠做点儿零活来挣些钱。

"我可怜的小宝贝，"杰蒂姑姑有些泣不成声了，"我实在没想到我那几句诗会把你弄成这样。这可怎么办哪?"

"您快想想办法吧。"玛蒂尔达恳求她，呼吸中带有浓重的鼻声，这不是哭泣，而是因为在室外住，风吹得着凉了。

"亲爱的，我也毫无办法，只有等到年底——这种魔力才能完全解除。"

"至少你能不再给我寄诗了吧？"玛蒂尔达问，"不是我不领情
……"

"即使这个，我也做不到，"她的姑姑黯淡地说，"这已在魔库里
投了注的。从七岁到二十一岁，一年一轮。噢，亲爱的，我想这也
够有意思的了，至少你也只有一次了。"

"是的，上帝知道那又会是什么把戏。"玛蒂尔达禁不住打了几
个喷嚏，又在打字机上装了一张纸。看来除了等待外，别无他法了。
然而她们决定在她二十一岁生日那天早晨去拜访魔法师，那肯定要
好得多了。

杰蒂付给出租汽车司机车费后，又给了他很丰厚的小费，以免
他因车里的脚踏布上长满了飞燕草而抱怨。

"天哪，这不是杰鲁特·琼斯吗！"魔法师喊了出来，"从大学毕
业后，再也没见过你。你怎么样了？还是以前那个马马虎虎的杰蒂
吗？还记得你给那医院弄得到处都是床，引起的那些麻烦吗？"

当他明白这情形时，他会心地笑了。

"同你一样，杰蒂，好意并不一定有好效果啊。"

十一点钟，玛蒂尔达迅速地打开了那粉红色的信封。

玛蒂尔达，现在你已二十一，

祝你有快乐的经历；

祝你心想事成，

愿你吉祥如意。

"祝我心想事成——那么我希望杰蒂姑姑将失去祝愿的魔力。"玛蒂尔达大声说，话音刚落，杰蒂就不再有魔力了。

但是这位一贯粗心大意的杰蒂姑姑还说呢，"祝你心想事成。"玛蒂尔达倒是有很多难办的事儿要处理，包括一只小雄狮和一匹小斑马。

但却无能为力了，杰蒂的祝愿已失去了魔力。

（李凌　译）

扁片人斯坦莱

〔美国〕杰弗·布朗

早饭已经做好啦。

莱姆卓普太太对她的丈夫说:"我去叫醒孩子们!"这时,他们的小儿子亚瑟在他和他哥哥的卧室里叫起来:

"嘿!来看啊!嘿!"

莱姆卓普先生和太太听儿子喊"嘿"很不高兴,他们一向赞成文明的说话态度,而"嘿"是叫马呢。莱姆卓姆先生叨唠着便和太太一起走进儿子的卧室,说:"亚瑟,说话要有礼貌,记住!"

亚瑟说:"对不起。可是,你们看啊——!"

他指着哥哥斯坦莱的床。斯坦莱被一块巨大的木板压在底下。这块木板是莱姆卓普先生给孩子们挂在墙上别图画、信件和地图用的。

但是斯坦莱并没有伤着。事实上,若不是被弟弟的喊叫吵醒,他仍在睡哩!

"出了啥事"?斯坦莱从巨大的木板底下快活地叫着。

莱姆卓普先生和太太急忙把他从床上抬下来,"天啊!"莱姆卓普太太说。

"上帝呀!"亚瑟说,"斯坦莱成扁片了!"

"像一张薄煎饼。"莱姆卓普先生说。"见鬼!这辈子我第一次看见这个!"

"咱们吃早饭吧!"莱姆卓普太太说,"然后我带斯坦莱去医院找丹医生,听他怎么说。"

吃完早饭莱姆卓普太太便带儿子去医院了。

"你感觉怎样啊?"丹医生问,"疼得厉害吗?"

"我起来以后有一小会儿难受,"斯坦莱说,"不过现在我觉得挺好的。"

"是的,许多人遇到这种情况都是如此。"丹医生说。

"这个小伙子还需要观察。"当丹医生给斯坦莱检查完毕时说,"我们做医生的,尽管有多年的经验,但这种情况还没见过,我非常抱歉。"

莱姆卓普太太说她认为斯坦莱的衣服现在应该让裁缝给修改一下,于是丹医生便帮助测量斯坦莱的尺寸,并把它记录下来。

莱姆卓普太太也把尺寸记下来。

斯坦莱现在只剩下三尺多高,一尺宽,半寸厚了。

当斯坦莱习惯成为一个"扁片人"的时候,他挺高兴的。因为他能在屋子里随便进进出出，即使屋门关着的时候，他一出溜也能从门缝底下过去。

莱姆卓普夫妇说这种事真傻气，但是他们也为儿子感到十分骄傲。

亚瑟学着哥哥试着从门缝底下滑过去，但是他的脑袋"哐"一声猛撞在门板上。

斯坦莱发现，变成扁片以后对他有很多好处。

一天下午他和妈妈去散步，妈妈喜爱的戒指从手指上掉地上了。这个戒指滚过了人行道，从一个盖着条形铁箅子的缝隙中掉到一个又黑又深的井里去了。莱姆卓普太太心疼得哭了。

"妈妈，我有一个好主意。"斯坦莱说。

斯坦莱解开了鞋带，又从兜里掏出另一副，把它们系在一起做成一条长带子。然后他把长带的一头拴在自己后背的腰带上，把另一头交给妈妈。"把我降下去，"他说，"我去给您找戒指。"

"谢谢你，斯坦莱。"莱姆卓普太太说。

她把儿子从井盖铁箅缝中放下去，并小心地把他上下左右移动，以便斯坦莱能在整个井底搜寻。

正当莱姆卓普太太开始提着长带放过井盖的时候，两个警察过来了，并且盯着她。莱姆卓普太太装作没事的样子。

"出了什么事，太太？"第一个警察问，"是你们的'约约'（一种木偶玩具）卡住了吗？"

"我没有玩'约约'！"莱姆卓普太太尖着声音说，"如果你们非要知道，我可以告诉你们，我的儿子在带子的那头拴着呢！"

"疯话！拿网子来，哈里！"第二个警察说，"我们遇见了一只布谷鸟（指疯子）！"。

这时，斯坦莱在井底大叫："找着啦——"

莱姆卓普太太把儿子拉上来，并且看见了她的戒指。

"你真行，斯坦莱。"她说，然后转过身生气地对警察说。"谁是疯子?！哼！真丢脸！"

"我们没有抓他，太太，"警察说，"我们太匆忙了。现在我们明白了。"

"一个人在做出无礼的结论时要好好想想。"莱姆卓普太太说。

警察说这是一句名言，他们要记住它。

一天，斯坦莱收到一封他的朋友杰弗里从加州来的信，他们是新近搬到加州去的。杰弗里邀请斯坦莱到加州和他一起度假，因为学校就要放假了。

"噢，真的！"斯坦莱说，"我乐意去。"

莱姆卓普先生叹了一口气，说："去加州旅游的火车票和飞机票是很昂贵的，"他看看斯坦莱的样子，说："我给你想一个省钱的办法。"

那天晚上，莱姆卓普先生下班回家时，他给斯坦莱带回一个巨大的牛皮纸信封。

"斯坦莱，"他说，"试试大小。"

这个信封装斯坦莱正合适，还剩下一点儿空挡，莱姆卓普太太又找到一点用鸡蛋、沙拉做的三明治，并且还用一个扁烟盒装上了牛奶，可以一起放在信封的空档里。

第二天，莱姆卓普夫妇悄悄地把斯坦莱装进信封里，连同三明治和装满牛奶的扁烟盒，并且把它投递到胡同拐弯处信箱里。这个大信封必须折叠起来才能投进箱口，不过斯坦莱是一个柔软的孩子，投进信箱以后他又伸直了身子。

莱姆卓普太太很担心，因为在这以前，斯坦莱从来没有独自离开过家。她轻轻地敲着信箱，问道："你能听见我吗？亲爱的？你一切都好吗？"

斯坦莱的声音十分清晰，"我很好，妈妈。我现在能吃三明治吗？"

"再等一小时。你不要烫着，亲爱的。"

莱姆卓普太太说完，就和莱姆卓普先生向孩子告别："再见，孩子，一路平安！"就回家了。

斯坦莱在加州过得很快乐。当假期快结束的时候，杰弗里又把他装在一个他们自己做的、漂亮的、白色的信封里邮寄回来。这个信封还有红蓝色的航空标记，并且杰弗里还在信封的两面写上："轻拿轻放"和"竖立置放"。

斯坦莱回来告诉爸爸妈妈，他是怎样被轻拿轻放的，他说没有受到一点儿颠簸。莱姆卓普先生说那证明了喷气式飞机和邮政部门的工作是多么好。他生活在一个多么伟大的时代。

斯坦莱也这样认为。

然而几个星期以后，斯坦莱不再那么快活了。无论如何，也高兴不起来了。当他走在街上时，人们开始嘲笑他，拿他取乐："哈罗，瘪三！"他们大声叫着："丑八怪！"

一天晚上，亚瑟忽然被一阵哭声吵醒了，在黑暗中他从屋子那头爬到斯坦莱的床边。

"你怎么了？"他问哥哥。

"走开！"斯坦莱哭着说。

"告诉我，让我们做朋友吧……"亚瑟爱莫能助地也哭了："噢，斯坦莱，"他说，"请告诉我，我有什么错？"

斯坦莱待了半天才抽抽噎噎地说："就是这件事，""我再也不高兴了，成了扁片以后我感到厌烦，我希望再恢复平常的形状，像别人一样，但是我将永远扁了。真使我恶心极了。"

"噢，斯坦莱。"亚瑟用斯坦莱的床单角给他擦擦眼泪，再没有什么更多的话可安慰哥哥了。

斯坦莱说："别告诉人我刚才说的话，我不愿意任何别人为我烦恼，那只有使事情更麻烦。"

"你是勇敢的。"亚瑟说，"你真是好样的。"

他握住哥哥的手，兄弟俩在黑暗中一起坐着，他们成为朋友了。他们俩仍旧很悲哀，但每个人的感觉都比以前轻松多了。

过了一会儿，突然，亚瑟有了一个主意。他跑起来扭开灯并跑到贮存玩具和东西的贮藏箱那儿，开始在箱子里翻找。

亚瑟把箱子里的足球、飞机模型和许多积木扔到一边，高兴地叫道："啊哈！"他终于找到了他要找的东西，原来是一个旧自行车气筒。他把它举起来，斯坦莱和他彼此看着。

"OK！"斯坦莱说，"你可得悠着点儿。"他把气筒长皮管的一头放在自己的嘴上，并紧紧地用嘴唇咬住，以防空气漏掉。

"我慢慢地打，"亚瑟说，"如果你疼了或者有其他什么问题，你就向我摆摆手。"

亚瑟开始打气，先是斯坦莱的脸鼓了一点儿，其他没发生什么变化。亚瑟注视着斯坦莱的手，但是那儿没有摇摆的信号。于是他继续打气，突然，斯坦莱的上半身开始膨胀。

"有门啦！有门啦！"亚瑟嚷着，继续打气。

斯坦莱张开他的双臂，以便使空气更快地充满他的全身。他变得越来越大，他的睡衣的扣子忽然扑扑扑地撑开了。片刻之间他就变得圆鼓鼓的了，脑袋和身子，胳臂和腿都胀大了。但是他的右脚不行，还是扁的。

亚瑟停止了打气，说："别着急，这就像给那些长气球打气一样，还差几下，"他说，"或许，晃荡晃荡可以帮助你。"

于是，斯坦莱摇摆他的右脚两次，随着小小的嘘嘘声，他的右脚像左脚那样膨胀起来。斯坦莱终于像往常一样在那儿站着了，就像他从来没扁过一样。

"谢谢你呀，亚瑟弟弟，"斯坦莱说，"我非常感谢你。"

兄弟俩正在握手的时候，爸爸、妈妈大步走了进来。"我们听到你们说话了！"爸爸嗔怪地说，"本来该是睡觉的时间，可你们却在大声说话，嗯？对不对？"

妈妈说："你就别说这个啦，斯坦莱好容易变回来了！"

"你说得对。"莱姆卓普先生注意地看了看斯坦莱的样子，说，"你干得不错，斯坦莱。"

"那是我干的，爸爸，"亚瑟说，"我把他给吹鼓了。"

全家都非常激动。莱姆卓普太太做了热可可来庆祝这件大事，并为亚瑟的聪明大家干杯。

当这小小的宴会结束的时候，莱姆卓普先生和太太扶着他的孩子们上了床，并亲吻他们，然后关了灯走了出去。"晚安！"他们说。

"晚安！爸，妈！"斯坦莱和亚瑟说。

这一天过得漫长又疲倦，很快莱姆卓普一家就都睡熟了。

（陈燕慈　译）

瘦马骑手

〔墨西哥〕罗·西斯内罗斯

有这么两位老人：一男一女，是老伴儿俩，他们有三个儿子。

老婆儿对老头儿说："老伴儿啊，你得为孩子们找个事做，好让他们有吃有穿。"

老头儿回答说："好吧，老伴儿，我进城去为他们找工作。"

老伴儿带着三个儿子动身了。到哪儿去？到城里去找工作呗。

到了城里，父子四个在一家铁匠铺门口看见工人在打铁。父亲对大儿子说：

"孩子，你喜欢这个工作吗？你要是喜欢，我就去跟铁匠铺老板谈谈。"

儿子说："喜欢，爸爸，我喜欢。"

"早晨好，先生。我把我的儿子带来了，您看可以留他替您干什么活儿吗？"父亲对老板说。

老板回答说：

"当然可以，先生，我正需要一个帮手呢。"

父亲说：

"好吧，我就把他留在这儿了，半年后我来看他。"

"好的。"铁匠铺老板回答。

父亲领着另外两个儿子走了。他们来到一个街角，那里有几个鞋匠在做鞋。父亲问二儿子是不是喜欢这种工作。儿子回答说：

"是的，爸爸，我当然喜欢。"

父亲去见鞋铺主人，问他说：

"先生，我把我的儿子带来了，您看可以留他替您干什么活儿吗？"

"当然可以。"鞋店主人回答。

"那就让他留在这儿了，半年后我来看他。"父亲说。

"好吧。"鞋店主人说。

这样，父亲就剩下一个儿子没有工作了。他们继续往前走，经过一个又一个店铺。但是这个儿子什么工作也不喜欢。

最后他们来到一所学校，里面有许多孩子在玩耍。这次是儿子先开口。他对父亲说：

"爸爸，我愿意留在这儿，我喜欢这个学校，我想念书。"

"好吧，孩子，我去跟老师谈谈。"父亲说。

他去询问了老师，是不是可以让他的儿子在这儿念书。

"当然可以。"老师回答说。

"好，我就把孩子留下了，半年后我来看他。"

父亲告别了老师，回家去了。

时间一天天过去，几个儿子都在努力学习。

当鞋匠的儿子已经掌握了一些本领，决定离开鞋店，独自开铺子谋生。

学铁匠的儿子也学到了不少本领。

最小的儿子同样也学会了老师教的一切知识。但是有一天，他发现有一样学问老师瞒着他。可是由于他已经掌握了老师能够教给他的一切知识，老师便十分自信地把他一个人留在学校，因为老师要去远足，留下他或者说委派他给别的孩子上课。

只剩他自个儿的时候，他翻看了一切摆放得整整齐齐的书本。但是有一天，他在收拾一个书柜的时候，发现一本装帧得很漂亮的书。由于好奇，他开始翻阅起来，知道了书的内容，发现这是一本研究魔法的书。他读了又读，最后掌握了这本书的全部知识。

老师回来的时候，发现他的学生进步很大，比刚来时聪明多了。

于是老师赶忙写了一封信，请这个学生的父亲把他接回去，因为他已经学会了老师教的一切知识。

但是这个聪明的孩子也给父亲写了一封信。信里这样写道：

"爸爸，我已经知道你要来接我了。不过请你注意，因为我的老师已经设下了圈套：你一到这儿，他就把同学们关在一个房间里，把我们变成鸽子。

"但是，爸爸，你会认出我的，我将在脖子上系着一根黑带儿。

老师一开房门，我就冲你飞去，用嘴吻你的脚。"

父亲先把在铁匠铺干活的儿子带回家。铁匠铺老板给了他五百比索，好让他安家立业，能够独立生活。

之后又把鞋店的儿子带回家。鞋店给了他三百比索，也是为了让他安家立业，自己谋生。

最后他到学校去领他的小儿子。

父亲到了学校，问候了老师，对他说：

"我来领我的儿子了。"他没有忘记儿子的提醒，言语十分谨慎。

"好的，你把儿子领去吧。不过，你能够认出他来吗，恐怕很困难。他在这儿，就像我的儿子一样。"

老师开了房门，里头有许多鸽子，一下子都欢快地飞了出来。这时，父亲看见一只鸽子冲着他飞来，正像他儿子说的，鸽子的脖颈上系着一根黑带儿。

鸽子飞来，用嘴吻了他的脚。父亲猛一伸手捉住了它。把鸽子抓在手里后，他对老师说：

"这是我的儿子。"

老师扫兴地回答：

"没错，你认对了。这是一千比索，是孩子代我上课的报酬，你拿去吧。"

然后，父子二人就回家了。

时间慢慢过去了，但是他们挣得的钱也慢慢花光了。终于又陷入了完全的贫困。

应该怎么办呢？父亲和三个儿子十分焦急，一起开会商量起来。

在学校念过书的小儿子说：

"不用着急，虽然大哥二哥学的本领简单，可是我却在一所不错的学校里学到了很多知识。比如说，眼下我们没有饭吃了，我就可以写一张字据给某个商店，他们就会借给我许多钱。"

但是他不愿意这样做，而是采取了另外的办法。他对父亲说：

"爸爸，今天我们去打野兔吧，把兔子卖掉我们就有钱了，不会再挨饿了。"

"可是，孩子，"父亲说，"我们连捉兔子的狗都没有，怎么去捉兔子呢？"

"不必担心，爸爸。"小儿子说，"我多少会点魔法，我可以变成一条狗，要是需要的话，我可以变成任何一种野生动物。"

于是他们就去捉兔子了。走到一座小山，孩子对父亲说：

"您在这儿等着，做好准备，当看见我追一只兔子，累得不行的时候，您帮我一把。"

果然，小儿子变成了一只狗，而且是一只大狗，钻进了茂密的山林。不一会儿工夫，父亲就看见他捉兔子是那么容易，那么快，感到十分惊讶。

他们就这样捕捉着兔子，一只又一只，一直捉了二十来只。

父子二人满载而归，来到村口。村里人看到他们背着这么多兔子，都争先恐后购买。小的十个比索，大的二十五个比索，不大不小的十五个比索。

第二天，小儿子对父亲说：

"爸爸，你去找五头驴子来，明天咱们去捉鹿。"

父亲很快找来儿子所要的驴子，按时出发了。

跟上次一样，小儿子变成一只狗，开始捉鹿，他们捉了一只又一只，一直捉了十来只，把鹿驮在驴背上，回来了。

回到村里，卖掉了鹿。他们就这样过着日子，度着时光。

有一天，村里庆祝"国王节"，举行了斗牛比赛。小儿子对父亲说：

"爸爸，您愿意参加斗牛吗？我可以变成一匹马，您骑上我去驯一头牛，然后去参加斗牛比赛，我们会赢很多钱的。只是我要告诉您一件事：要是有人愿意买我，您就把我卖掉。不过您必须把我的辔头摘掉，这样我可以自由地进行自卫，我相信我老师会来买我的，因为他憎恨我掌握了他所知道的一切魔法。"

比赛那天，所有的竞技者都来了，每个人都骑着自己的勇敢而英俊的好马。只有小儿子的父亲骑着他的瘦马姗姗来迟。大家议论纷纷：

"最好还是别让这位先生入场，他会被牛抵死的。"

竞技者都退出了比赛场地，只有马上参加竞技的人留在场上。

所有的竞技者先后出场做了比赛，但是都失败了。只有"瘦马骑手"先生还没有出场。

当看到一匹瘦马步入竞赛场地，骑马的人又是一位老头儿，全场观众不禁报以热烈的掌声。

看门人曾经对他说，可以为他敞开栅门让他进去，但是骑马人说用不着开门，他能够进去。他的话不错，瘦马一个跳跃，就进了场地。

瘦马进入场地后，一头勇猛的公牛放了出来。它刚刚击败了所有的骑手。公牛开始追马，但是瘦马很灵活，于是彼此周旋起来。这下可把公牛累坏了，因为它已经伸出了舌头，呼哧呼哧直喘气。这样不停地角斗着，公牛终于累垮了，因为它已经倒在了地上。但是按照规定，胜利者必须把失败者杀死，于是他便抽出一把利剑，冲公牛刺去，正好刺中公牛的心脏，公牛当即死去。

这时，走来一位仪表堂堂的先生，想用一大笔钱买这匹瘦马，但是骑手拒绝了；可是他非买不可，骑手只好对他说：

"你要是想买，就出二万比索吧。"

那人回答说：

"没关系，我喜欢这匹马，这是二万比索，拿去吧。"

老头儿看到这么多钱，激动极了，可是忘了替他的马摘辔头。

"现在你可属于我了，"马的新主人对瘦马说。然后把马牵回家去。到家后，主人用一根粗绳把马捆好，吊了起来。

过了几天，瘦马渴得不行。一天，来了一个人，是他从前的同学，瘦马要求他帮忙。因为吊马的地方有一口井，他对他的老同学说：

"请把绳子放松一点，我渴了。"

那人放松了绳子。瘦马使了使劲，把绳子挣断了。

瘦马获得了自由，一下扑到井边，变成一只乌龟，跳进井里。

瘦马跳井之后，他的老师来了，询问是谁把瘦马释放的。

老师也变做一条巨大的鲨鱼，跳进了水井。乌龟和鲨鱼在水里追来追去。后来前者变成一只鸽子飞出了水井，后者也变成一只鹞鹰。两只飞鸟在空中上下飞舞。鸽子飞过一座宫殿时，看见窗口有一位公主探身张望。

鸽子迅速飞下，从公主的面前飞过时化作一只金戒指，戴在公主的手指上。

紧跟着鸽子飞来的鹞鹰也进了宫殿。公主从没有见过鹞鹰，急忙呼唤她的父王。

国王拿着一根棍子冲出来，把鹞鹰赶了出去。

当天晚上，金戒指跟公主讲话。但是公主没有注意到她有这只戒指，所以感到奇怪，不知跟她说话的人在哪儿。

戒指对她说：

"喂，尊敬的公主，不要害怕，我在你的手指上，这只戒指便是我，我来这儿要求您一件事：如果有人来这儿想买我，您就对他说可以，我值很多钱，这戒指是一位国王而不是任何人买的，国王花了几千比索，他要是执意要买，您就卖给他，不过不要让他亲自摘，你也不要放在手里让他拿。您可以对他说，您是公主，任何人也不能碰您，他要是愿意，您就给他丢在地上。我在落地的时候，将变成一只摔成八瓣儿的石榴，有一瓣将在你的脚边滚动，你就把它踏在脚下。那个想买我的人将变成一只公鸡，把所有的碎石榴吃掉。

等公鸡吃完的时候，你就把脚抬起来，那时你会看到发生的事情。"

第二天，果然来了一个人，是他的老师，他想买这只戒指。

公主对他说，这个戒指是花了很多钱买来的。

"没关系，"那人说，"你要几千比索都行。"

他给了公主一大笔钱买下了那只戒指。他走过去准备从公主手上取戒指，但是公主发疯地叫起来：

"我是公主，国王的女儿，你怎么敢碰我！"

"那你自己摘下来给我吧。"那人说。

公主不同意。

"你要是愿意，我把戒指扔在地上，你自己捡起来。"

"好吧，你怎么给我都行。"那人说，"你扔吧。"

公主把戒指往地上扔的时候，它真的变成了一只石榴，而且摔得很碎。有一块滚到了公主的脚边，公主把它踩在了脚下。

那人看到石榴摔碎了，马上变成一只公鸡，吃起所有的碎块来。吃完后，它满意地唱了起来："喔喔喔！喔喔喔！这次你可跑不掉了，我把你吃到肚里去了。"

但是他不知道，他的学生在公主的脚下藏着呢。这时，公主把脚抬起来，只见一只饿狼从那里钻出来，直朝公鸡扑去，一下把它吞了下去。

狼很高兴，马上又变成了人，对公主说：

"尊敬的公主，你一次又一次搭救了我，我向你表示深切的谢意。你有什么要求，只管对我提，我一定满足你。"

公主对他说：

"请留在宫里当驸马吧。我去跟父王谈谈，看他同意不同意。"

公主把发生的一切告诉了父亲。国王终于被说服了，答应了女儿的要求。

他们当天就在教堂举行了婚礼，结成了夫妻。这件事轰动了全城，传遍了全国。

（朱景冬　译）

镜中的小姑娘

〔秘鲁〕卡·卡·德·努涅斯

我女儿诺拉跟"金发小姑娘"玩了一个下午后坐在扶手椅上休息。我为什么叫她"金发小姑娘"呢？因为她从来就没有别的名字。很久以前，我也像她这么小。那时我第一次看见她时就问过她的名字。她现在成了诺拉的最好的伙伴，但是将来，等诺拉长大后就没有一块玩的伙伴了，因为"金发小姑娘"将依然如故：永远是这么瘦小。

我清楚地记得她在我们家出现的情景。那是圣诞节的前夕，我和我的弟弟妹妹在家养病。由于父母不许我们出门，我们就把鼻子贴在玻璃窗上看街上的热闹。

"我们玩什么呢？"利娜问，脸上带着厌倦的表情。

"妈妈到晚上才回来呢。"小胡安说。

我是他们的姐姐，就给他们出主意说：

"到那间锁着的房里去瞧瞧不是很好吗?"

"妈妈知道会生气的。你知道,妈妈不许我们进去。"

"那间屋里到底藏着什么东西呢?"我们好奇地想。

"那里可能保存着圣诞老人送给我们的礼物。"我说。

于是。我们决定到那个房间里去看看。

"可是钥匙在哪儿呢?"

"我看见它在妈妈房里的托架上。"利娜叫道。

我们跑到妈妈的房里去找。不一会儿我们就高兴地大叫起来:

"钥匙找到了!"

"是我找到的!"

"是我找到的!"

我们向通往那个上锁的房间的楼梯跑去。爬上楼,打开锁,推开门。房间里有一股尘土和潮湿味儿。毁坏的家具、蛀蚀的图画、不中用的杂物、穿过的旧衣服……一切的一切,全都乱七八糟地堆在里头。但是我们没有找到圣诞老人的礼物。

我在一只箱子里找到一顶古老的羽帽,戴在了头上。然后做了个鬼脸问:

"你们瞧,我戴着好看吗?"

大家快活地笑起来。事实上,我戴上这顶异乎寻常的帽子,一定非常美。

"镜子在哪儿?我要照照。"我问。

"在那个角落里挂着呢。"玛亚大声说。

　　我向我妹妹指的那个角落跑去。我失望地叫了一声,因为那面镜子好像已经坏了,上面带着一大片受潮后留下的斑痕。我爬到一个箱子上,和镜子高度差不多。我站在镜前仔细地照着。镜子上还有一些亮晶晶的小圆圈,反射着我头戴大红帽子的样子,显得挺可笑。我理了理头发,淘气地笑了笑。这时,我没有发现我的弟弟妹妹早已离开房间去寻找新的冒险了。只剩下我自个儿立在镜子前。突然,一个奇迹出现在我眼前:在这面笼罩着一层薄雾的镜子的深处有一张面孔。它跟我的面孔不一样。我猛地回过头去看看是谁的面孔映在镜中。但是我身后没有人。我又惊异地望了望镜子,发现那个小姑娘在对我微笑。

　　是我自己的面孔吗?……我仔细地做了对比:我的眼睛是黑色的,她的眼睛却是绿色的,而且很大。我的头发是栗色的,她的头发却是金黄色的,而且有许多大发卷儿披在肩上。显然不是我自己。那么,她到底是谁呢?……是另一个小姑娘!……于是我高声地问她:"你叫什么名字?"

　　"我没有名字!我把名字忘了!"她用柔和的声音回答。

　　"那么,你怎么不来跟我们一块玩呢?……来吧!我会帮助你的。"

　　我向她伸出手去。但是我碰到的不是冰凉的镜子,而是几个热乎乎的小手指。

　　那个金发小姑娘跳了一下,就站在了我身边。

　　"我来了!"小姑娘高兴地叫道,一面小心地理着衣服的折边。

　　"你怎么会没有名字呢?"我问她。不等她回答我就大声地呼唤我的弟弟妹妹：

"玛亚！……利娜！……尼诺！……"

他们闻声赶来。

"你叫我们干什么？"

他们看到了小姑娘，又问：

"她是哪儿来的？"

"从镜子里来的！"

我这样回答，他们一点儿也不感到惊奇。难道说小姑娘从镜子来是不可能的事吗？

"这样，我们一块玩的伙伴就更多了！"他们嚷道。

随后我们就在那个房间里无拘无束地嬉闹起来，直到远处传来脚步声和吱唔的开门声。

"是妈妈回来了！"有人恐惧地叫道。

我们锁上门，踮着脚下了楼，把钥匙放回原处，装出一副老老实实听话的好孩子的样子。

妈妈满意地一一亲了我们。

"你们淘气没有？"妈妈问。

我们摇了摇头。

"是睡觉的时候了。今天夜里圣诞老人会来的！"妈妈对我们说。

她在我们的脸蛋上亲了一下后，吩咐奶奶把我们带到房里去睡。

这时，我想起了镜子里那个小姑娘。

"我们把她孤单地抛在那儿了！"我想，"可是，为我们的粗心大意感到后悔已经太晚了。"

过了很久我们才又一次进那个锁着的房间。我妈妈非常谨慎地保管着钥匙，我们中间谁也不知道她把钥匙藏在了什么地方。直到有一天她把钥匙忘在了她的床头柜上，那天又碰巧我一个人在家。于是我拿着钥匙迫不及待地爬上楼去，走进那个黑乎乎的房间。我走到那面镜子前，凝视了一会儿后，看见一张面孔由模糊变得清楚起来，最后走到我的面前。

"咱们去玩吧！"我对她说。

小姑娘在镜子里回答：

"上一回你把我自个儿抛在这儿。你要是再那样做，我就再也不出来见你了。"

"请你原谅！"我恳求她说。

这时，我听见楼梯上传来一阵脚步声。我想逃走，可是已经来不及。妈妈把头探进了门口。

"你在这儿干什么？"她用严肃的口气问，"我不是一再告诉你不要进这个房间吗？"

这时她才看见那个小姑娘。

"这个小女孩是从哪儿来的？"

"从镜子里！"

"你疯了吗？……我不是对你说过我不爱听这种胡说吗？"

"可这是真的！她是从镜子里走出来的！"

妈妈牵着那小姑娘的手，离开了房间。

"告诉我，你住在哪儿，我送你回家……你叫什么？"

"她没有名字。"我抢着说。

可是，她却下令到街坊邻居家去打听陌生的小姑娘的住址。与此同时，小姑娘也悄悄回到她的镜子里去了。

从此后，我很长时间没有机会到那个房间去跟我的小伙伴一块玩。有一天，妈妈出远门旅行，我才又一次进那个房间。我走到镜子前等了一会儿，小姑娘没出现。我大声叫她，她才慢慢地露出了她的小脸，最后来到我身旁。

"怎么回事？"我叫道，"现在你怎么比我小这么多！"

我们一块玩耍，但是我觉得不如以前玩得开心，因为我已经不喜欢跟布娃娃一起玩。不过，这个时期，我们还是见了许多次面。

一天，我妈妈突然走来，发现我躲在不许进的房间里。

"你瞧，妈妈！镜子里的小姑娘又出来了！"

妈妈惊异地望着她。

"自打上一次看见她，她一点儿也没有长！"妈妈叫道。

"让她跟我们在一起吧！"我恳求妈妈说。

"对！"尼诺说，"我长大的时候，我要跟她结婚。"

"今天晚上你就带她到你的房间去吧。"妈妈说，"明天我们再给她安排一个合适的住处。"

但是那天晚上小姑娘不见了。

我一次又一次到那个锁着的房间去呼唤她，但是毫无结果。有一天，我三番五次地恳求，她的小脸终于出现在镜子中。但是，她的神情很忧伤，眼睛上保留着点点泪痕。

"我愿意跟你玩，"她对我说，"可是你妈妈不愿看见我。"

我恳求她离开镜子，但是恳求多少次她都不答应。

我只好放弃我的努力。过了好几年，我又想起了那个房间，想去看一看。我已经十五六岁。一天下午，不知用的什么办法，我终于进了那个房间。我几乎把它忘记了。我看了看镜子，发现它仍然挂在那儿，用大金框镶着，潮湿的斑块几乎把镜子全遮住了。我站在镜前，里面映出了我的形象。

"我多么美啊！"我心里想，同时心满意足地微微一笑。

就在这时，小姑娘的面庞出现在镜中。不一会儿她就来到了我身旁。

这一次我必须弯下腰去牵她的手，因为她的个子太小了。

"多遗憾，我已经不能跟你一块玩了！"我对她说。

听到我的话，金发小姑娘禁不住哭起来。

"我不能在镜子里住下去了！"她啜泣着叫道。"我要跟你一样长大！"

我抓着她的手，把她带到楼下。

"现在你可以永远跟我们在一起了！不用再回那个锁着的房间了！"我对她说。

从此以后，金发小姑娘就跟我们一起生活了。

但是发生了一件奇怪的事情。我们这些小女孩和小男孩都在成长，可是她仍然是老样子：又孱弱又矮小。

我长大结婚后，把她领来跟我们一起住。我们有了孩子，她就成了我们孩子的形影不离的伙伴。不久以前，我的大孩子诺拉跟她一样高，她们玩得很快活。这个时期对她们来讲是美妙的。但是当诺拉一天天长大起来时，金发小姑娘却依然如故；她的大发卷儿披在肩上，面庞又白又嫩，一双大眼睛纯洁无瑕。我的小儿子刚学会走步，不久她就可以跟他做伙伴了。

但是我想到一件事：随着岁月的流逝，我的孩子都将长大成人……到那时小姑娘跟谁玩呢？

现在我已经做了外祖母。金发小姑娘已在我们身边生活了很久。一个冬天的下午，她看见我躺在一把旧扶手椅上，就走过来问我说：

"当你永远离开这儿时，我该怎么办呢？我跟谁一起生活呢？"

"你问得对！"我回答，"我还没想过这个问题。"

我吃惊地望了望她，以为她不能够这么清楚地思考问题。

"告诉我吧，"她又问，"那面镜子在哪儿？"

"什么镜子？"

"那面又脏又旧的镜子。"

"说实话，我不记得了。"我回答，"不过，我有一个印象，好像送给一个老佣人了……"

"你知道她住在哪儿吗？"

"我多年没见她了。不过我可以打听到。"

几天以后我抓住金发小姑娘的手对她说：

"来，跟我来！"

门外有一辆小汽车正等我们。我们上了车，穿过一条条宽阔的街道，跨过一座桥，最后进入了又脏又乱的陋巷。

汽车停在一幢宅前。

我叫了门，一位面色憔悴的老妇人走出来接待我。她立刻认出了我，高兴地大叫起来。她就是我的老佣人。

我不能够对她解释多年后前来找她的动机。

"这个小女孩是谁？"她问我。

"是我的一个小孙女。"我骗她说，免得费口舌做解释。她亲昵地抚摸着她，然后陷入了沉思。有一会儿我真担心会被她识破，幸好很快就改变了话题。

在跟老妇人告别的时候，我几乎是漫不经心地问道：

"我送你的那面镜子你还保存着吗？"

"是的，太太！……在我的房间里挂着。我怎么能扔掉它呢？"

"可以让我看看吗？"

老妇人点了点头，让我们进了她的房间。她为自己的贫困感到有点羞愧。那面大镜子就挂在她床头的墙壁上。

"我去把窗子打开！"她说，"房间里太黑了……"

过了几分钟，当她回到我身边的时候，只剩下我自己站在那儿了。

小姑娘不见了……

镜子里有一团雾气还在飘动，慢慢地消散……

（朱景冬　译）

121

魔 术 家

〔澳大利亚〕麦伦·贝利

我们在奥马尔的后院里，躺在一棵低垂的树下，聊着：天气太热，什么事也干不了。这时一位老汉从屋里走出来，手里拿着一根鞭子一类的东西。

"啊，不行，"奥马尔说，"咱们还是走吧。"

谁也不动。哈里没有抬起头，只是沿着他的鼻子斜望着这位老汉一眼，莎莉在吸着一根草茎，我则眼瞧着那根鞭子。

我们都知道，奥马尔的爷爷有点怪。他的衣服也穿得很怪。他对我们谁也不理，总是自言自语，好像他的肩上坐着一个妖怪。

这次老汉头上缠着一块紫色的布，上身穿着一件画了一些发亮的金色符号的衬衫。他蹲在一块满是灰尘的地上，用一根羽毛在土上拂来拂去。

"他在干什么?"哈里问。

"说我在浪费时间。"奥马尔说。

"我不相信他知道我们在这里玩。"莎莉低声说。

老汉直起腰来，把鞭子和一块绳编的布拉平，他从衬衫底下取出一个雕花的硬木碗，然后用一块白布在它上面擦起来。

"他知道，"奥马尔说，"他只是不愿让我像其他人那样，一切正常。就是这么一回事儿。"

"嗨呀！"

老汉向天空挥着他的胳膊，他全身，从那伸着的脖子到脚拇指，在向后仰，好像太阳正烧烫了他的手。

一块转动着的圆盘，金光和银光闪烁，正在发出低唱的声音向我们飘来，飘得很低，接近地面。

"这是什么？"莎莉轻声问。

老汉从他所制作的这件东西前掉过身来，目光炯炯地望着奥马尔。

"嘿，爷爷。"奥马尔叫着。

老汉没有搭腔。

奥马尔又试了一次。"啊，您好，卡格克。"

老汉生硬地点了一下头。他在那个嗡嗡低唱的转盘附近坐下来，让它金色和银色的闪光在他面孔和衬衫上摆动。"这不是给你的。"奥马尔说。

奥马尔站起来。"好吧，卡格克，我们走了。"

"它没有什么意思。"老汉说。

"不!"莎莉说,"有意思。"

"不,它没有什么意思。你们有电视、足球、板球、冲浪板和流行歌儿陪你们玩。对奥马尔它没有什么意思。"

老汉也似乎在那闪光后面发出闪光。

"我们不觉得它没有意思,"哈里说,"对吗,奥马尔?"

奥马尔没有理会哈里。"到了一个新国家,你得改变一下呀,卡格克。这里不再是特伦甘奴呀。"

老汉笑起来,金色的闪光在他的嘴唇上晃动。"改变一下?你忘了你是什么人。我迁到这里,但我带来了东西呀。这个——"他挥动了一下那发出闪光的东西。"这个就是特伦甘奴。瓦阳·古里也是这样。它给生活带来许多影像——这些东西会讲故事呀。塞巴克·拉加也是这样。有一次我们叫藤条球在空中舞动,不碰着头、膝盖、脚,也不碰着手。记得吗?"

"不过那是很久、很久以前的事呀——"

"特伦甘奴还在海滩上造出很大的渔船,向月亮撒网,叫风筝在空中打仗——像鹰一样猛……这些东西我都带来了——都是特伦甘奴的东西。你已经把这些事情都忘记了。除了你自己以外,你什么也没有带来。"

奥马尔耸了耸肩。"这是澳洲。这里没有藤条球,没有特伦甘奴那样的陀螺。"

"哦,"莎莉说。她在那个嗡嗡低唱的圆盘前面蹲下来,仔细看了看它,叹了一口气,"只不过是个陀螺罢了。"

老汉盯了莎莉一眼。"只不过是个陀螺？它是一个陀螺大师的杰作呀。大师得在原始丛林去找出生长它的那棵树呀。"

他微微笑了一下。"他们在原始丛林里教会陀螺在空中唱歌。当那些老采药人的神灵一甩动起陀螺的时候，陀螺绳子发出的光就是闪电，陀螺的转动就是雷鸣……"

"但是这里没有采药人呀。"奥马尔对着那明朗的蓝天挥了一阵胳膊。

"不，也许只能在特伦甘奴。"老汉从陀螺后退了两步，"我不叫醒它。当它停止了做梦的时候，你把它带回家里去吧。"他快快地走开了。

"废话，"奥马尔说。但是他坐在太阳上面，观看这个陀螺，"这不过只是小孩子的玩意儿。"

但是当我们离开奥马尔一个钟头以后，陀螺仍然在转动。这时奥马尔正坐在这个低声吟唱的圆盘面前，坐得很近，使得它发出的闪光在他的脸上晃来晃去，好像他在倾听它唱的歌。

在接着的两个月里奥马尔的行动显得有些怪起来。他避开了我们。他把大部分时间花在整理草坪、拔草和搬石头这些活计上面——他什么都干，为了挣点钱。

"他想在十二岁以前就能当上一位大亨。"哈里说。

但不久他就停止干这些杂活了。他开始用他挣来的钱买来一些东西——一些奇怪的东西。他买了细铁丝、铁环、缎带、纸、胶水、颜料、白塑料布，甚至还买了两个乒乓球。然后他就不见了。

是放假的时候了，但是街上，公园里，汽车站上，哪儿都看不见他。甚至我们到他的住处也找不到他。

于是满头是沙子的莎莉跑到牛奶摊那儿，喊："我找到他了！来，你们瞧。"

"他在干什么？"哈里问。

"你问我！我什么也不知道。才怪哩。"

我们跟着她向一块荒凉的海滩上跑去。奥马尔正在沙上排列着一些金箔、绿色的新月、淡红色的扇子和五颜六色的缎带。他摆列的东西，从一双黑色的乒乓球到一个闪闪发光的尾巴，一共有十米长，足够形成一条大鲨鱼。

他不是单独一个人在那里。那个老汉也站在附近的一个沙丘上，望着奥马尔和他正在摆列的那个荒唐的图案。

"瞧着了吗？"莎莉问。

"唔——这大概是——沙滩游戏。"哈里说，拿不定主意。

老汉掉过身，瞪了哈里一眼，接着又把身子转回去。

奥马尔现在跪在沙上那两只球的旁边，好像是在和他们对话，过了一会儿，他举起手来，让风把他手上的沙子吹到下边的图案上去。接着他就往沙滩后边慢慢退去，那个图案开始颤动起来。

"也许我们得走开……"哈里嗫嚅着说。

奥马尔在沙上叉开双腿，嘴上飘着微笑，望着老汉，拧着双手。

二十米以外，那条尾巴活动起来了。

老汉摇着他的头。

奥马尔咂了一下嘴，又向后退了一步。

一块小小发光的锡箔在那条尾巴前面摇摆了一下。

"这是——是什么？"莎莉小声问。

奥马尔的双手慢慢地舞动起来了，向那个图案示意：它可从沙上向空中升起来。一长条绿色和金色的锡箔反映着太阳，射出闪烁的光芒，并且在开始向他移动。

老汉现在密切注视着奥马尔，不再皱着眉头，安静得很。

奥马尔又向后退了一步，似乎忽然感到了惊恐。那些锡箔变成了跑步的马队，一长条红黑相间的扇子在风中飘荡。

"嗨——呀！"奥马尔和老汉同时发出了一声呼叫，两人形影不离，紧站在一起。他们一齐向后仰，耸动他们的肩膀，把双臂举向空中。

沙上的图案开始沙沙地响起来，颤动地，最后摇摇晃晃地升向空中。它发出呼呼的声息，有生命了。锡箔成了鳞甲，飘带成了脚爪和牙齿，扇子在风中成了翅膀，那对圆圆的黑眼睛正对着下边的奥马尔怒目而视。

一条庞大、可怕的生物在奥马尔头顶上的空中一边飞行，一边摆动着它那插着二十条长长黑色三角旗的闪闪发光的背，并且在空中咆哮，向奥马尔的脸上喷出火花。

但是那个老汉却微笑着向他的孙子走过来。

奥马尔从他的左手给这个叫作卡格克的老汉一件什么东西。

卡格克摇了摇头，说："它太庞大，太难看了。"但是他一面参与这个庞然大物的活动，一方面就把他那只空着的手搭在奥马尔的肩上。

"它在飞翔！"奥马尔叫喊着，"我们得叫它把太阳吞掉！"

卡格克和奥马尔相互跳起一种神秘的舞来，他们的眼睛盯着那个庞然大物，他们的双臂在空中转动，好象他们一生都在做这样的活动。

哈里一看就明白了。他大笑起来。在沙上打滚。"这是一个风筝呀！一个庞大的怪风筝，别的什么也不是！"

但是它飞翔就有生命。它是古代传说中的一种生物，在空旷的天空迂回行走，它的背反射着太阳的波浪。

在天空下，奥马尔和他的爷爷想起是在马来西亚一条缓慢流动着的河流旁边的那昏睡着的小镇。

"那就是特伦甘奴吗，卡格克？难道我把它忘记了吗？"

卡格克第一次发出了一个笑声："行了。"

（叶君健　译）

失踪的黑黑

〔日本〕大石真

一

四月的一个早晨。风和日丽，春光明媚。

春山一郎吃过早饭，和往日一样朝学校走去。

"哎呀，黑黑怎么不见了？"

他每天去学校都跟在身后的小狗黑黑不知跑到哪儿去了。

"黑黑！黑黑！"

春山一郎拉大嗓子喊了起来。又吹着口哨唤了一阵子，还是不见黑黑的影子。

"跑到哪儿去了呢？"

一郎觉得很奇怪，歪了歪脑袋。

"是去什么地方玩去了？"

现在，不能去找它了，不然，就要迟到了。一郎不再去理会黑黑，迈开大步朝学校走去。

刚到学校不一会儿，上课的铃声就响了。铃响过两分钟后，老师跨进了教室。

"看，转来个新生！"

教室里响起一片嘈杂声。

一个新生跟在身材高大的老师的身后，走了进来。

"起立！"

担任班长的一郎站了起来，发出命令。就在这一瞬间，他才看清这个新转来的同学的脸。

你猜怎么了？

这个身穿黑毛衣向同学们微笑着的新同学和一郎长得竟一模一样！

一郎一下子觉得自己坠入了梦境中，他忘记了发布下一道命令。

"喂，春山，怎么啦？"

被老师这么一问，一郎才清醒过来，慌里慌张地喊道：

"敬礼！"

"给你们介绍一个新朋友、新同学，他叫狗丸太郎……"

老师的话音还没落，教室里爆发起一阵笑声。

一郎心想，同学们肯定是在笑那个男孩和我长得一模一样呢！一郎将头深深地低下了。

但是，同学们并不是为这个而笑，大家是觉得他这个名字可笑。

"同学们为什么都没有发现他和我长得一模一样呢?"

一郎感到十分奇怪。但他转念一想,也许是自己看花了眼了呢。

可是,他越认真察看狗丸太郎的脸越像自己,简直是分毫不差!八字形的眉毛,眯着一条细隙的小眼睛,尖尖的小鼻子……无论看哪一个部位,都是别无二致。

一郎的右眼下长了一个"哭痣",一郎对它恨之入骨。可就连这个"哭痣"也端端正正地贴在狗丸太郎的右眼下。

二

新来的狗丸太郎给一郎带来的打击并不仅仅限于长相完全一样。

一日,上国语课。那天正好赶上交作文。

"大家都没忘记写作文吧?老师点到哪位同学的名字,那位同学就到前边来,把你的作文读给大家听。"

老师站在阳光充足的窗前,不紧不慢地说完,就开始点名了。第三个被点名的是狗丸太郎。

狗丸太郎开始用沉稳的腔调朗读作文了。

听着听着,一郎心里一震——他觉得这篇作文自己在什么地方见过。对呀,这篇作文不是和自己的完全一模一样吗?!

一郎最打怵写作文了。昨天晚上,写作文时,怎么也写不出来。他一会用铅笔抠抠耳朵眼儿,一会儿又伸着脖子看看电视。

"哎,真烦人!"

到头来，一郎抽出一本旧杂志，将上面的一篇文章原封不动地抄了下来。然后，再写上自己的名字，带到了学校。从前，他经常这么干，都很成功。

可是，眼下，狗丸太郎和他抄了同一篇文章，却在那里厚颜无耻地朗读呢！

狗丸太郎刚读完自己的作文，被蒙在鼓里的老师非常满意，亲切地在狗丸太郎的肩上拍了拍。

"真是不错！太不错了！"

"真没说的！"

女同学们在下面小声叨咕着。

"真是个不要脸皮的家伙！"

一郎将自己的事情抛到了脑后，对狗丸太郎的所作所为气愤不已。

这时，老师轻轻地转过身来。

"那么，下一个，请春山一郎来读。"

老师向一郎投来了和蔼的目光。

一郎浑身一哆嗦，就像一把手枪对准了他一样。

怎么能读和狗丸太郎一字不差的作文呢？一郎的脸"唰——"地一下子红了，他低下了头。

"你怎么啦？"

"……"

汗从一郎的后背渗了出来，汇成了小河，朝屁股沟奔流下去。

"你是没写作文？"

从老师的语调里听出，他有些不高兴了。

"……是的。"

半天，一郎才挤出这两个字，声音小得像蚊子叫。

这种事，对一郎来说，还是第一次。

三

上算术课。

"这次考试，我还能得100分！"春山一郎胸有成竹地说。

他这么说，并不是因为他擅长算术，是因为他知道别人不知道的秘密。由于他知道这个秘密，他的考试成绩才总是100分。

这个秘密是这样被他发现的——

一天，一郎拿着班级的记事簿来到老师的办公室。老师不在，他的桌子上放着刚刻写完的蜡纸稿。

一郎一看，蜡纸上刻写着算术考试题。

"呀！是这次的考试题！"

一郎的胸膛里立刻敲起了进军鼓，仔仔细细地看着每一道算术题。在蜡纸旁，摆着一本摊开的习题集，习题集上的算术题被原原本本地搬到了蜡纸上。

"考试题全是从这本书上出的呀！……这么说，要是有了这本书，无论什么时候考试都能得100分。"

这是一个多么美妙而伟大的发现啊！一郎立刻来到街里，在各个书店里转开了。最终，他买到了那本黄皮的和老师一模一样的习题集。

那之后，一郎的算术考试成绩总是100分。他只要将习题集上的答案一个一个地记住就可以了。他的这个秘密没有对任何人讲。

可是，这一天，一郎在教室里打开手提包，要把习题集拿出来看，习题集却不翼而飞了！

"怪呀！哪儿去了呢！"

一郎顿时吓得脸色蜡白。他记得清清楚楚，临来学校时，把它装进了这个手提包里。

"这个习题集要是没了，我就得不了100分了……"

一郎急得几乎要哭出来。

就在这时，狗丸太郎手里高高地举着一本黄色的习题集，晃动着喊道：

"喂，同学们，要看这本习题集，算术考试题全从这出！……"

"嗯?! 真——的?!"

同学们"哄"的一下聚了过去，瞪着眼睛争先恐后地抢看那本习题集。

"当然是真的了，不信，你们把答案全背下来，我保你得100分！"

全班的同学都围着那本书，像聚集在蜂蜜上的一群蚂蚁。

"我怎么不知道有这么一本书呢?"

"就是呀，要早知道就好了。"

"让我看看……"

只有一郎一个人远远地站在那里。

"狗丸太郎这狗小子！"

一郎在心里骂了一句。得100分的秘密被同学们知道了，他的脸上挂着一副苦相。一郎愤愤地怒视着狗丸太郎。

由于狗丸太郎做的好事，这次算术考试全班有三十六个人得了100分。

春山一郎气得把答案全忘了，只得了65分。

这样的事，也是从来没有过的。

四

一郎的家和学校之间，有一条很陡很陡的坡道。去上学的时候还好，走下坡非常轻松自在；但回来的上坡路可就得吃苦了。更可气的是，放学时是肚子最饿的时候，每向坡上迈一步，肚子的饥饿就增添一分。

这一天，一郎右手拎着手提包（上了六年级，男孩子们都流行手提包，而不是背书包），左手拿着棒球球具。这些东西很重，手疼得像要裂开了似的，他气喘吁吁地朝坡上走去。无意中，他一回头，看到一个花店的老奶奶正拉着拖车向坡上走来。

"来得正是时候！"

一郎诡秘地笑了。他对老奶奶说：

"老奶奶，让我帮你推吧！"

"谢谢你，孩子。"

老奶奶根本不知道一郎心里的小算盘，笑哈哈地频频向一郎点头。

一郎将手中的提包和棒球球具一股脑地抛到了车上。

"好，我要推啦！"

"好的，拜托了，实在对不起呀。"

老奶奶边用力地拉车边说。

"你真是帮了我的大忙了。如今呀，像你这样的孩子真是不多见哟。"

被帮了大忙的该说是一郎。和双手拿着重重的东西走上坡相比，还是这样轻轻地推车轻松自在。

"你在哪个学校念书呀？在附近的学校？"

"嗯，坡下就是。"

"几年级的？"

"六年级的。"

"叫什么名字？"

"春山一郎。"

"喔，叫春山一郎。"

说着话，拖车来到了最陡的路段，一郎如果再像方才那样不用力推的话，拖车就一动也不动了。

一郎感到胳膊疼，累得汗流浃背，肚子也"咕——咕——"地叫个不停，他感到自己几乎要昏倒下去。

现在，一郎开始觉悟到，自己该有多愚蠢！人家并没要你帮助，你却主动送上门了，真是个傻瓜！

当他推到坡道中途的自己家门口时，一郎终于松了一口气。

"好了，再见！"

他将放在拖车上的自己的东西拿下来，抛下老奶奶离去。

"嗯……？"

就在这一瞬间，一郎影影绰绰地看到狗丸太郎在从坡下往上走……一郎暗自吃了一惊。

第二天早晨。

做早操时，校长先生站在命令台上。他微笑着巡视着同学们，在朝阳的照射下，他那光秃秃的脑袋看上去比平时更加明亮了。

每当这时候，校长先生总是很高兴的。

"同学们，我要告诉大家一个非常令人高兴的消息。昨天，花店的老奶奶拉着重重的拖车上坡道时，有一个叫人佩服的孩子上前去帮老奶奶推车……"

"呀！这是在说我呢！"

站在队列中的一郎心里一阵狂跳。他仔细地听着校长的讲话。

"然而，你猜怎么了？"

"那个助人为乐，一直帮老奶奶推到坡顶上的孩子就是我们六年级的狗丸太郎！"

随着校长的话音，全校师生的目光一齐转向狗丸太郎。与此同时，爆发起一阵洪水般的掌声。

自然，大家不是给一郎拍手，而是向狗丸太郎表示敬意。

五

狗丸太郎取代了一郎的地位，成了班里的大红人。

他学习好，对朋友又热情、亲切，再加上这次又受了表扬，他的威信越来越高了。

然而，现在不管他春山一郎怎么后悔，怎么窝心，怎么喊冤叫苦都无济于事了。

一个星期天。

一郎一个人偷偷地跑进了电影院。因为这家电影院正在上映一部一郎最爱看的美国西部影片。

一郎的父母很少带他去看电影。于是，一郎骗妈妈说到同学家去学习，就偷着一个人跑进了电影院。

"嗯——?"

一郎巡视场内时，发现坐在最前排的那个少年和自己长得一模一样，他是狗丸太郎！

"好哇！这回可让我抓住你的小辫子了！等着瞧吧，有你好看的！"

一郎偷偷地盯着太郎，脸上露出得意的笑。

第二天，一郎往教室的意见箱投了一封说狗丸太郎坏话的信。

开班务会时，老师从信箱里取出了那封信，展开后读了起来。

"上星期日，春山一郎一个人到电影院去看电影。我认为，一个人去看电影是不良行为，希望你改正——"

"这是真的吗？春山一郎。"

老师惊讶地望着一郎。因为老师从前对他是那么信任？

"你不会做出这种事的吧？"

"……"

当一郎和老师的目光相遇时，他低下了头，使劲儿地咬着下嘴唇，泪水一下子涌上了他的眼眶……

这封信和一郎写的完全一样，只是一郎写的"狗丸太郎"被改成了"春山一郎"！肯定是狗丸太郎捣的鬼！

"老师，去看电影的不光我一个，狗丸太郎也去了。是真的，我清清楚楚地看到他坐在前排！"

一郎一副哭腔地喊叫着。

"什么？你说什么？狗丸太郎？谁叫狗丸太郎？"

老师莫名其妙地问。他好像从来就不知道有狗丸太郎这个人。

一郎吃惊地巡视着教室。可奇怪的是，连狗丸太郎的影子也没有。不，不只是狗丸太郎，他发觉老师、同学、桌椅、黑板、教室……不知什么时候都化作云烟消失了。

"一郎，你怎么了？愣愣的，想什么呢？"

忽然，一个声音闯进了他的耳朵。是同班同学幸子。她背着书包，笑眯眯地站在坡道上。

"你这样慢慢悠悠地走，肯定要迟到的。"

听了这句话，一郎仿佛才从梦中醒过来。——噢，现在还是早晨呀！是在去上学的路上……

"你是不是在想很可怕的事情呢?"

一郎眨巴了一下泪汪汪的眼睛，向远方望去。

这时，在他朦胧的视野里，出现了黑黑，它晃动着小尾巴高兴地朝他跑来。

（孙树林　译）

财神娃娃不见了

〔日本〕横山照子

很早很早以前，有一座恬静的村庄。

这年，当白色的玉兰花和金黄色的棠棣花盛开的时候，村民们开始下田插秧了。他们一边小心地一棵棵插着秧，一边心里默念着：希望多结出些饱满的谷粒！

中午吃饭休息时，大家非常快乐。干完活，人们满头大汗，喝上几口热茶，浑身上下实在舒服。

这时候，大家打开了话匣子，兴致勃勃地讲起故事来。不知是谁先开的头，讲的是"财神娃娃"的传说：

"据说有个财神娃娃，他去谁家，谁家就会发财。河对面那村里的老爷家，这边山前村里的老爷家，财神娃娃都光临过，他们眼瞅着都变成富翁啦。"

一天傍黑，本村龙作家真来了个财神娃娃。

那天，龙作比大伙儿先一步回到家，正在洗手洗脚的时候，一个娃娃慢吞吞地走过来。他心里正纳闷，这是哪儿来的娃娃呀？又猛然想起，这就是人家说的财神娃娃吧。于是慌忙招呼说："快请进屋来吧。"

这下子龙作就忙起来了。他得恭恭敬敬地招待好财神娃娃。"太好了，太好了，欢迎光临。"龙作刚刚给娃娃深深地鞠完躬，又忙着说："请先洗个澡吧。"

娃娃洗澡，他给搓背。娃娃身上的污垢，龙作不认为脏，他想："这污垢一会儿在澡盆里会变成大钱儿吧，那可就……"

洗完澡，龙作又说："那么，请用饭吧。"娃娃高兴地把头栽到饭碗里吃着。他的饭量大得惊人——吃了六碗米饭和酱汁汤，还吃了六条干沙丁鱼，简直与他瘦小的身体完全不相称。

龙作正襟危坐在旁恭候，他说："我也爱吃干沙丁鱼。这鱼本来是留着过年的，一直没舍得吃。现在请多用点。"边说边咕噜咕噜地咽着口水。那娃娃吃得饱饱的，伸了个懒腰。龙作又忙说；"那好，那好，请睡觉吧。"说完，又拿出一直收藏着的漂亮铺盖。娃娃一钻进被窝，就呼呼地睡着了。

龙作毕恭毕敬地守候在旁边，心中暗忖，要是村里人看见财神娃娃，会趁我不在时把他带走。嗯，肯定会那样。那就糟了。最好把娃娃藏起来，不让别人看见。

龙作一心把这个不知来自何处的脏娃娃当成财神娃娃：原来这个脏娃娃果然先到过河对面那村里老爷家和这边山里老爷家。怪不得他们一下都发了财。我也要发财啦！能随随便便把这娃娃交给大伙吗？啊，那太可怕了。

龙作不是那种贪得无厌的人，他心地善良，考虑他人总是比考虑自己还多。可现在……他目不转睛地看着那娃娃安睡的面孔，着急地想，把他藏到哪儿好呢？藏在壁柜里？不行，那一眼就会发现；藏在天花板上？也不行，那样会被错当成老鼠抓走的。嗯，仓房行，仓房上挂着锁呢，保险。

龙作悄悄把娃娃用被子包着抱到仓房去了。

龙作的老母亲虽说耳背，眼花，可那扁头鼻子却比年轻人的还灵。龙作赶紧把娃娃吃剩下的鱼刺和碗都收拾洗净。可老母亲还是闻出了什么味儿，自语道："有什么味儿，肯定有什么特殊的味儿。"她耸了耸鼻子说，"这真奇怪！龙作呀，有谁来了吧？"

"没有哇，谁也没来。"

"嗯？我闻到有什么味道啦。"

"妈妈，您值得骄傲的鼻子也不中用啦。谁也没来，谁也没来呀。"龙作虽"哈哈哈"地笑着瞒着母亲，但心中却有些忐忑不安。

老母亲不高兴了："这么说，我全身都不中用了。不！我的鼻子还不差于年轻人呀，可不许儿子嘲笑我那灵验的鼻子……"

奇怪的是，从这天起，龙作突然威风起来。以前，他总是说："我只要有米饭、酱汁汤和咸梅子吃，就心满意足了。"可现在却说，"以后给我早中晚三餐加上整鱼！"并且还说要自己一个人在仓房里吃饭。家里的人听了都惊呆了。

　　还有件怪事，从前老母亲不服老，总是挺着腰板到田里干活。可自从龙作说妈妈的鼻子不中用了以后。她就改变了态度："我是老了，下田干活是不行喽，就看看家吧。"龙作一听这话急了，他合掌向母亲请求道："妈妈，您还年轻，到田里去吧。哎呀，我求求您了。""不行，我老啦。"老母亲坚持要待在家里看家。

　　要是财神娃娃被多嘴的老太太发现了就保不住了，我当财主的美梦就会变成泡影。决不能让这种事情发生。即便是母亲也不能让她知道。

　　"只要拿着这钥匙就没问题了。"龙作在晚上睡觉时，也要把仓房的钥匙系在腰里。他快活得"嘿嘿"笑起来，不禁想大声喊叫，"我马上就要成财主啦！"

　　于是老母亲白天就在空荡荡的屋子里看家。她的身板还硬朗，在田里干活确实还快活些。可她认为儿子瞒着自己什么事儿，对此很不满意。她抽动着灵敏的鼻子在家里到处找。壁柜里、藏衣室、走廊……都找遍了。什么特殊的味道也没有。但龙作的态度实在奇怪……没办法，她只好到河边去给龙作洗衣服。她拿起衣服，咦，怎么从衣袖里掉出了仓房的钥匙？这当儿，老母亲的鼻子使劲地抽动了几下，"叭"地挺起腰杆，三步并作两步跑回家去。

　　她打开仓房。啊呀！家里最好的被子怎么铺在这儿？一个从没见过的娃娃坐在被子上。

　　在这同时，正在田里干活的龙作心慌意乱。他猛地把手伸到腰里，没有，没有！钥匙没有了。面色苍白的龙作满身泥水地向家跑去。吧嗒，吧嗒，来到仓房前……老母亲正坐在门口。她不紧不慢地站在龙作跟前，什么也没说，拿出钥匙。龙作也没说什么，只是急忙忙地开着锁。

啊！龙作一屁股瘫坐下去。被子整整齐齐叠着，娃娃连影儿都没了。唉！当财主的美梦彻底破产了。可哭又不能哭，生气又不能生气。老母亲是很厉害的，龙作怕她。

"龙作，不要想靠别人当财主，也不要以为当了贪心的财主就有出息。还是在大白天流着汗老老实实干活吧。"

龙作几乎要哭了，他站了起来。老母亲把扁头鼻子伸到龙作面前，抽动着闻着味儿，"今天什么味儿也没有了。"说着，把仓房里的铺盖，拿到有阳光的院子里晒去了。

这件事既然过去了，龙作心里也就踏实了。他也和母亲一起去晒被子了。

至于那个财神娃娃呢？本来就没有，那只不过是一个要饭的孩子。龙作边走着边想着："唉，被那娃娃骗了，真倒霉！"

（裴志群　译）

施了魔法的舌头

〔日本〕安房直子

这里，有一个孤独的少年。

他穿着又肥又大的白衣服，戴着白帽子，呆呆地坐在店里的柜台前。

他的名字叫洋吉。

就在一星期前，他成了这个餐馆的主人。那是由于根本不希望的、意想不到的不幸——

是的，一星期前，洋吉的父亲去世了。父亲有的东西，应该遗留给儿子，这街角的西餐馆，就成了洋吉的东西。

但可悲的是，父亲的手艺却一点也没有留给他。

他做的煎鸡蛋卷，像压坏的拖鞋。

他做的牛排，像旧抹布。

要说他做的咖喱饭，那只是辣，却一点味道也没有。

他本来不太懂什么是味道。

总之，他年轻，更何况他非常懒。

无论哪家西餐馆，对味道都有秘密，可这家店的味道秘密？洋吉最终没能知道，就跟父亲离别了。

因此，洋吉现在穿戴着父亲用过的白帽子和白衣服，考虑着今后应该怎么办。

厨房的钟，敲了半夜的十二点。

独自一人待在暗夜里……但是，洋吉没哭。这一个星期来，他深深知道哭也没用。

许多厨师和仆人，陆续不干了，都没有忘记领取最后的工钱，而且，留下这样分别的话：

"干脆把这店卖了算啦，因为对您来说，实在是太勉强了。"

玻璃门在风中吱吱颤抖。窗户那边，隐约传来枯叶在步行道上舞动的声音。

"啊啊啊，一切都完啦！"

洋吉发出沉重的叹息。

这时，突然后边有这样的声音：

"干吗垂头丧气的？"

洋吉吓一跳。

"是谁？"

他战战兢兢地回过头去，只见一个小人，露出滑稽的脸色，站在那里。

小人白帽子白衣服，也是厨师的打扮。

"你从哪儿来?"

洋吉不住地打量小人。

"我呀，从地下室来。"

小人高声快活地说罢，指着厨房角落进入地下室的阶梯。

"噢——"

洋吉大张开嘴，点了点头。他小时候似乎听父亲说过，家里的地下室，住着奇异的小人……于是，他抢先说:

"啊，是吗? 这么说，你也要搬到别家的地下室去啦?"

小人蹦地跳上洋吉旁边的椅子，叫道:

"岂有此理!"

那小小的眼睛，显得十分忠实而且认真。

"忘掉故去的主人的恩情，竟然要搬走，真是岂有此理。"

"恩情?"

"是的。我呀，在地下室看守了三十年，领到的奖品，是出色的美食呀。"

洋吉"嗯嗯"地点头。这西餐馆的地下室，是食料的仓库。

和土豆、洋葱一起，父亲做的腌制品、熏制品、调味汁、果酱和酒，都在那里藏了好多。

尤其那调味汁和果酱的味道是特别的。

这家西餐馆，连那么细微的东西都考虑周到，受到顾客的好评。而且，这店的味道秘密，父亲像开玩笑一样地讲过:

"家里有一个味道的小人嘛。"

啊，这就是那个味道的小人。

洋吉瞪大眼睛，死死盯着小人。一会儿，心有点开窍了。

如果能有小人，将来也许会干点什么。

"喏，你能帮助我吗？"

洋吉问。

"嗯嗯，嗯嗯，当然帮助您。"

小人点了几下头后，忽然，用严厉的声音说：

"不过，你懒惰可不行！"

洋吉心里咯噔一声，想道："这家伙，凭你这么小，居然什么都知道。"于是，他低下头，结结巴巴地嘟哝道：

"因——因为，我没有爸爸那样漂亮的手艺。"

"喝！您说是手艺？"

"是，是做菜的手艺啊。那恐怕是天生就会的，我怎么练习也不成。"

小人轻蔑地扭过身子。

然后，他慢慢地，像劝告似的讲道：

"怎么样，哥儿？重要的不是手艺，而是舌头哇。厨师凭一条舌头就能成功。"

"舌头？"

"对。吃一口别家的菜，马上就会知道那里面放进了什么。有了这样一枚出色的舌头，那就足够啦。"

"……"

"去世的主人的舌头是出色的。您是他的儿子，肯定也会有好舌头。哎，让我瞧一瞧。"

小人跳上旁边的桌子，看看洋吉的嘴里边。没有办法，洋吉伸出了舌头。小人费了很长时间看完洋吉的舌头，脸色显得十分阴暗。

"唔——这是与众不同的坏舌头。"

小人嘟哝着。洋吉悲哀了。

"那……还是把这店卖掉吧……"

小人猛烈地摇头：

"不，不能那样做。这店的味道消失了是可惜的。"

然后，小人想了一会儿，突然抬起脸，果断地说：

"喏，哥儿，您要能遵守我的规定，我就给您的舌头施上魔法。"

"哦——"

洋吉险些从椅子上滑下来。

"那样的事，能办得到吗？"

"嗯。施了这魔法，您的舌头会变成顶好的。比去世了的主人的舌头还要出色。"

"哼。"洋吉的眼睛逐渐发亮。

"那，求你办一下！"他喊道。

"那么，您能遵守我的规定吗？"

小人叮问一句。

"是什么规定？"

"从今以后，您要拼命学习爸爸的味道。"

"那太容易啦！"

洋吉答道。

小人点点头，从兜里拿出一片树叶。它又圆又小，很像蔷薇的嫩叶。

"哎，闭上眼，张开嘴。"

洋吉提心吊胆地张开嘴。舌头有点颤抖。

"没什么，用不着害怕。"

说着，小人把树叶轻轻放在洋吉的舌头上。

一瞬间，洋吉觉得凉凉的，好像放上了冰片……小人呜噜呜噜地念起不明意义的咒语。

一会儿，当小人的声音猛地中断的时候，洋吉舌头上的树叶完全消失了。

"好，完成啦！"

小人蹦地从桌上跳下来，接着，把洋吉领到烹调室，尖声说：

"哎，打开那边的锅看看。"

锅台上，滚放着一星期前的咖喱饭的脏锅。"这是主人做的最后的咖喱饭。您舔一口试试。"

洋吉打开锅盖，轻轻舔了一下粘在锅底已经干了的咖喱饭。

"……"

洋吉直翻眼珠。

"怎样？"

小人笑眯眯地问。洋吉只答了一句：

"了不起的味道！"

实际上，洋吉觉得现在才真正懂得了父亲所做咖喱饭的味道。接着，他正确说出了放进的咖喱饭里的作料：

"姜、蒜、肉桂、丁香，还有……"

"一点不错！"

小人翻了一个筋斗。

"哎，赶紧做一做试试。"

洋吉点点头，急忙动手干起活来。

夜半的西餐馆，充满了咖喱饭的气味。小人哼哼的歌，食器的声音，在热闹地响着。

做好的咖喱饭，小人面孔严肃地尝了，然后点点头，用老师一般的口气说：

"行。这样，您肯定会什么都能做得好。那么，您今天晚上充分休息一下，明天到地下室来吧。那里，您爸爸做的食物还有好多。主人的味道是难学的。你那出色的舌头，恐怕也有不容易弄懂的东西。不管怎样，你要拼命学习，成为这店出色的主人吧。"

洋吉点一下头。他想拼命干。

"明天一定要来呀！"

小人叮嘱一句，静静地走回地下室。

第二天。洋吉从长长的睡眠中醒来时，已经将近中午了。

今天的太阳，仍然光辉灿烂。

"啊，真是好早晨。"洋吉嘟哝着。

这样的日子，他真想坐在公园的草地上弹一天吉他。

但在早晨漱口时，他想起那小人的约定。

"地下室吗？哼。"

这样明亮的日子，却要下到那发霉气味的地下室，怎么想也不愿意。因为那里，总是黑黑的，冷飕飕的。

"大白天的，不能到那样的地方去。"

然后，他慢慢地这样想：

"首先，是吃早饭。今天，到别家西餐馆去吃好吃的东西吧。因为这一个星期，没吃到像样儿的东西。"

他一摸裤兜，大约有五枚一百日元的硬币。

"好，既然要去，就上高级西餐馆。"

洋吉甚至狂妄地系上领带，头上抹满了油。这样，他跳出了店。

在大街上走了一会儿，有条到地下道去的石阶梯。从这儿下去，就是地铁的车站和耀眼的地下街。随着吹上来的风，传来地铁发出"嗡——"的声音。洋吉跑下石阶梯，在地下道一个劲地走。

在水果店兼吃茶店的旁边，有一家大西餐馆。

"是这儿，是这儿。"

洋吉三步并作两步地走进店里。很久以前，洋吉曾和父亲到这里来过。

"咱家是第一流，这儿也是第一流，可这店里还有独特的味道。"

父亲曾经说过这样的事。

坐在白桌子前，把餐巾摊在膝上，洋吉的心情有点沉稳了。

不过，那只是在他尝了端来的饭菜之前。把一匙粘乎乎的玉米汤放在舌头上时，洋吉深深地点头。

"嗯，知道啦！"

他的声音响彻店里。仆人吃惊地看着这边。但洋吉已经忘乎所以了。

（知道罗，知道罗，全部知道罗！）

他一口气喝完汤，跳出西餐馆。

（知道罗，这家汤的味道！）

确实，小人的魔法发生作用了。简直是特别见效。

跑回自己的店，洋吉就动手做起刚刚喝过的汤来。

使用完全同样分量的材料，做成完全同样的味道。真是了不起。

"啊，即使是我，也能做呀。"

这时，洋吉把那个小人的事，把地下室的事，都像昨天的梦一样忘掉了。

厨师凭一条舌头就能成功，小人的话是真的。

洋吉用施了魔法的舌头，陆陆续续地，到别家西餐馆去偷味道。

为了这个，不论往返要花费六个小时的路程，不论地上三十层的旅馆，他都要去。洋吉那出色的舌头，对多么珍奇的香料，隐藏得多么小的味道，都能完全尝出来。

洋吉制作了自己店里的惊人菜谱，然后雇了仆人，女招待员和会计。

洋吉的西餐馆兴隆了。

这样，一转眼之间，过去了十年。

洋吉成了大人，是第一流西餐馆的杰出主人。舆论认为，比这家更好吃的西餐馆，哪儿也没有。

当然如此！

因为他把别家最好的味道，全部偷来了嘛。

现在，洋吉再也想不起那悄悄睡在地下室里的"父亲的味道"。

这十年间，他自己一次也没有去过地下室。

一天晚上。

洋吉的店里，来了一个竖着黑大衣领子，模样有点贫困的男人，吃了一盘夹心面包。这位顾客要付款回去的时候，说了这样的话：

"跟你主人说说。这儿的饭菜虽然好吃，可是，我的店比这儿更好吃。"

"哦？"

会计直眨眼。男人接过找回的钱，深戴帽子，消逝在黑暗的大街里。

"主人……"

会计跑到厨房，把这件事告诉了洋吉。

"咦咦，还有更好的店？"

洋吉停住干活儿的手。

以后过了大约三天，那顾客又来了。仍然是黑大衣黑帽子，吃一盘夹心面包，回去时，说着同样的话：

"跟你主人说说。这儿的饭菜虽然好吃，可是，我的店比这儿更好吃。"

这些话，洋吉早在后边听清了。洋吉自己也穿上大衣，戴上帽子，做好外出的准备。

推开玻璃门，黑大衣顾客往外走。那背后，还有一个穿黑衣的洋吉在跟着。

"喀、喀、喀……"

没有行人的林荫道上，响着男人鞋的声音。

（到底是哪一个店呢？）

男人走向地下的石阶梯。

（哦，是要坐地铁呀。）

但是，顾客什么车也没坐，急步走进地下街。

地下街——从孩子时候起，洋吉就喜欢这儿。这儿，无论什么货物，都显得光辉灿烂。什么都像是高级品，很新奇。

地下街上，今天也是闪闪发光地排着装饰得漂漂亮亮的商店。

有点心、水果、西服、伞、钟表、鞋、帽子，还有冰激凌商店。按理说，这儿应该是地下街的尽头。少年时期，洋吉总是在这儿吃过软冰糕才返回去。

不料，怎样了呢？一段时间没来，地下街却扩展到了街那边。

一开始，洋吉以为那里准有一面大的镜子。没想到，那黑大衣男人却快步走进镜子里。

"嗯。一段时间没来，这儿已经扩大施工啦。"

洋吉的自言自语里混杂着叹息。

都市真是了不起的地方。不知不觉之间，地面底下会形成一条商店大街。

新的地下街市，更明亮，更华丽，闪光的石头地板，伸展个没完没了。

男人走到花店的拐角处，就向右拐了。他一次也不回头。好像是带发条的偶人，总用同样的步调走。

接着，在面包店那里，又向右拐弯儿，走一会儿，又向右，再向右。拐了多少弯儿了呢？似乎走了地铁一站那么远的路。

正走得挺累，突然，男人的身影在洋吉的眼前消失了。

（啊？）

洋吉慌了。向四周看去，只见尽头的地方，也就是说，新地下街最里边，有一家小小的西餐馆。

（嗯，是这里。）

洋吉推开沉重的门。

店里响着低低的音乐声。桌上点着小小的红色煤油灯，是个小而整洁，令人舒适的店。

（使人印象相当好的店哪。）

洋吉来到角落的桌前。天花板，墙壁，都是没有经过加工的原样混凝土，显得十分陈旧。

但是，它又装饰得很风趣。要说墙上的点缀，只有一把旧吉他。

"您来了。"

端上了盛着水的杯子。

也许是由于时间太晚，店里很静。只有一个女招待员，在稀疏的顾客之间动来动去。

刚才的男人怎样了呢……洋吉转着眼珠找，明明进了店里的男人，却连影子也看不到。

（哎，那种事，怎么都行。我只要偷来味道就行啦。）

靠在椅子上，洋吉等着端来夹心面包。

一会儿，端来了大盘子，里面盛着漂亮的夹心面包。洋吉赶紧抓起一个，接着，瞪圆眼睛。

他头一次尝到这么丰富的味道。

"的确好吃！"

尤其是果酱和泡菜的味道特别。

"唔——是上等的！"

然而，洋吉的舌头更为上等。他马上知道了，果酱里放进了什么和什么，泡菜里加进了什么。

"好，好，全知道啦。"

他点了好几次头。

（不管你多么自豪，这店的味道，已经是我的啦。）

忍住涌上来的兴奋，洋吉高高兴兴地出了店。

不料出外一步，就不知道回去的路了。刚才自己是从哪儿来的也想不出。

不但不明方向，地下街市简直就是迷宫，无论哪一家商店，全是玻璃。店员都是一样的制服，甚至看来面孔也都一样。而且，白色的荧光灯，只会呆呆地发亮。

"来时，拐过面包店，还有一个花店哩。"

洋吉穿过小小商店胡乱走起来了。

可是，不管怎么走，花店和面包店也没有出现。走得正累，他突然听到地铁"嗡——"的声音。

猛一注意，眼前是熟悉的冰激凌店……

"呼——"

实际上，这时的洋吉，早已急出了躁汗。

当天的深夜。

洋吉独自一人在厨房。急忙做刚才的果酱和泡菜。

"那确实是……"

他闭上眼睛。每次回忆味道，他总是这样的。

"那确实是红辣椒，薄荷叶，还有……"

但今天是怎么回事呢？明明知道得那样清楚的泡菜分量，却怎么也想不起来。

"红辣椒加上薄荷叶。一点白糖，一小撮盐。白胡椒？不，好像没加上它。唔——今天是怎么啦？"

洋吉把这些都归咎于那地下街市。由于过于迷路，舌头才反常了。

筋疲力尽地坐在椅子上，洋吉嘟哝道：

"明天，再一次去那店里看看！"

没想到，第二天，又到了地下，洋吉大吃一惊。因为哪儿也没有新的地下街。地下街，在卖冰激凌的地方，就到了尽头。

"……"洋吉以为自己被施了魔法。

（要不然，是昨天晚上做了梦吗？）

可是现在，洋吉忘不了那泡菜和果酱的味道。梦也好，魔法也好，不是自己亲手做出来，就感到过不去。恰像音乐家，听过一次美丽的音调，绝不会忘记一样。

从这天起，洋吉不再工作了。吃饭也通不过喉咙，睡觉也全是果酱和泡菜的梦……

一天又一天，洋吉在地下街里迷惘。有时，靠在冰激凌店的墙上，呆立不动。

一天，洋吉在人山人海中，一眼瞥见了那黑大衣男人。

男人非常急，提着的买东西的包都快抢碎了，一直、一直地走。

而且，眼看到了冰激凌店的那边……

"啊！啊！"洋吉屏住气息。

那儿，仍然长长地伸展着新的地下街。许多人毫无奇异地往那儿走。

洋吉气喘吁吁地在黑大衣后边追。

他一面追一面想："这一回可不是偷，而是会见西餐馆主人，求他教给泡菜和果酱的做法。"

现在，洋吉像变了一个人，变得谦虚了。

不久，男人拐过花店的角，拐过面包店的角。走了一会儿，向右拐，又向右……接着，在见过的西餐店里突然消失了。

紧接着，洋吉猛力去推那门。

跨进去一步，店里乌黑一片，再加上潮霉气冲鼻，冷飕飕的。

"今天休息吗?"洋吉想。

这时，里边传来尖高的声音:

"呀，好久不见啦!"

同时，没有灯罩的灯泡啪的一下亮了。

注意一看，洋吉的脚下，站着一个小人。

"您终于回到您的地下室来啦!"

那儿确实是洋吉的西餐馆的地下室。冰冷的混凝土上，酒桶和辣酱油瓶，都蒙着薄薄的灰尘。

"……"

现在，洋吉的头脑里，清晰地浮现出多年前的约定。

"我等了好长时间啦。"

小人小声说。

"对不起呀。"

洋吉蹲下身子，深深鞠一躬。小人蹦地跳起来，兴高采烈地这样说:

"没什么，您父亲的味道一点也没有变，因为我在好好地守着哪。这是泡菜，这是熏制品，那是果酱，那边角落的瓶子是辣酱油……"

洋吉点点头，慢慢地，一个挨一个地尝了那些食物的味道。无论哪一种，都是出色的味道。

他想向亲切的小人道谢，转过身去时，可那小人已经没有了。

地下室里，只有洋吉一个人。

洋吉缓慢地登上台阶。地下室的上面是厨房。那是洋吉从今以后，认真制作父亲的味道的、用惯了的厨房。

（安伟邦　译）

怪老头儿

〔中国〕孙幼军

我叫赵新新，也叫铁头，念五年级，你们要是读过《铁头飞侠传》，准认识我。不过，那本书读不读都没关系。如果你肚子疼，你就把那本书从头到尾念三遍，肚子照样儿疼。我现在讲的故事就不同啦，说不定你听了我的肚子疼是怎么治好的，也能学会治肚子疼。

那天下午我又肚子疼了，疼得直"哎哟"。吴老师说：

"赵新新你回家吧，让李明送送你！"

就凭大侠铁头，肚子疼还得让人家送？我自己上了无轨电车。

电车里很挤。一个很瘦、很矮的老爷爷站在我身旁，直劲儿摇晃。他要扶上头的扶手，伸伸胳膊，够不着。他要扶椅背，椅背上已经有好几只手了。看老爷爷又咳嗽又喘，我对椅子上坐的大哥哥说：

"大哥哥，你让老爷爷坐坐，好吗？老爷爷年纪大……"

那个大哥哥斜了我一眼说：

"凭什么？我也买票了，瞧见了没有？一毛！想坐也成，让你爷爷给我一毛！——我原本坐着，要是站着，就得付出力气，付出劳动。付出劳动就应该给报酬，对不对？"

我兜儿里正好有一毛钱，是打算给飞侠——就是我那只大猫买虾皮的。我一咬牙，把一毛钱掏出来，给了那个大哥哥。

老爷爷坐下了，喘着气，嗓子还吱儿吱儿直响。老爷爷扭过头来说：

"其实应该你坐，你肚子疼。"

上了车，我肚子疼好多了，既没"哎哟"，也没弯腰，他怎么知道我肚子疼？我挺奇怪：

"您怎么知道我肚子疼？"

"那你怎么知道我年纪大？"

两回事嘛！头发掉光了，一撮山羊胡子雪白，脸跟核桃皮似的，怎么会看不出年纪大？

可是我没说话。也没准儿老头儿不乐意人家说他年纪大。

到站了，我下了车。车立刻开走了。我向坐在车里的老爷爷招招手说：

"再见！"

瘦老爷爷在窗口朝我点点头，好像也说了句"再见"。

我走了几步，一抬头，看见那个瘦老爷爷站在前头等我。我吓了一大跳——车明明开走了嘛！我口吃地说：

"您……您是怎么下来的?"

"一迈腿就下来了。"瘦老爷爷说,"你干吗老是大惊小怪的?你下车的时候不迈腿呀?不迈腿下得来吗?"

跟他说不清楚。我只好说:"老爷爷有事吗?"

他说:"我不叫'老爷爷,'我叫怪老头儿。你叫我'怪老头儿'就成了。"

我说:"那多没礼貌啊!"

他说:"这跟礼貌没关系。好比你叫赵新新,我叫你赵新新,有什么不礼貌的?"

知道我肚子疼,还"一迈腿"就下来了,还知道我叫赵新新!够怪的了。"怪老头儿"这名字对他挺合适。

"是这么着,"怪老头儿说,"除了脑袋长得大了点儿,小脖儿细了点儿,你这孩子还算不错!你跟我到家去,我满足你一个愿望。比方说,你想不想要一个带磁铁的新文具盒?再比方说,你至少应该要一包虾皮吧?不然,你回去拿什么给飞侠拌饭吃?"

他什么都知道,真是个怪老头儿!不过,这回我听明白他的话了。我说:"帮您找个座儿,这是我应该做的。我什么都不要!"

怪老头儿说:"不一定是要什么东西。我是说'满足你一个愿望'。什么愿望都可以,比方说,你想不想长出一对翅膀来,满天飞?"

这一句话可把我吸引住了。真能长出一对翅膀来,该有多美!我一定飞得高高的,让城里那些大楼看上去像积木一样……

可是我的肚子又疼起来了,疼得我直想蹲下。正飞在半天空,肚子这么疼，那还不一下子掉下来，把我摔成肉饼？眼下要说有愿望，那就是让我的肚子别再疼。

"我给你治好肚子怎么样？"怪老头儿说，"你这肚子是怎么一回事？"

"大夫说，因为不讲卫生，肚子里有蛔虫。我吃了好些药，那种粉红色的，像个小窝头，甜的。还有白药片，还有黄药面儿……总共吃了好几斤，虫子就是不出来，老在肚子里闹。后来肚子再怎么疼，我妈也不让我吃药了……"

"伸出舌头来让我瞧瞧！"

我就伸出舌头来。

"说'啊'！"

我就说："啊——"

"不错，"怪老头儿说，"肚子里有虫子，还不少呢。跟我来吧！"

我跟着怪老头儿走，一边说："您可别给我吃药了。我妈说，再吃，该把我毒死了！"

怪老头儿说："给人家吃药算什么本事呀？我用物理疗法！"

原来怪老头儿住的地方离我们家挺近。他指着前边一座小平房说："这就是我家！"

我看了一眼，忽然有点儿糊涂。小平房在路旁一块空地上，靠着两棵大杨树。昨天下午放学，我还在这儿爬树来着，这儿根本就没有这座房子！

"怎么不走啊？"怪老头儿转过脸来问我。

"这地方……这地方没房子！我天天上学从这儿过……"

"没房子，这是什么呀？"怪老头儿说。

"我是说，原先没有。"

"原先什么都没有。"他指指前头，"原先有那个大楼吗？"

跟这个老爷爷就是说不清楚。

怪老头儿说："我今天早晨才搬来的，不行啊？"

"当然行。可是……连房子一起搬来的？"

"不搬不成啊。要在那地方盖大楼。我这个老头儿最听话，让我拆迁，我把房子叠巴叠巴就搬来了。"

"把房子叠起来？"

怪老头儿一边咳嗽一边说："都把我气咳嗽了！跟你们小孩子说话真费劲。你们老师教你们，多累得慌啊，要叫我，才不给你们当老师呢！跟我进屋，我告诉你是怎么回事！"

怪老头儿走到小房子前头，从上衣兜儿里掏出一把钥匙，把门上的大铁锁打开，走进去。我也随后跟进去。

他关好门，走到一个紫红色的大方桌前，伸出一条胳膊说，"好好瞧着！"说着，往桌面上"啪"地一拍。

这一拍，桌子忽然垮下去，成了扁扁的一片，贴在地上。他弯下腰，跟揭一张纸一样把那片紫红色的东西揭起来，然后像叠一张旧报纸似的把桌子叠成小块儿，揣进衣袋里。

我看傻了。他可满不在乎，又把那叠起来的纸掏出来，抖开，往地上一摆。还是那张方桌子，摆在原来的地方！

我愣了好半天，这才走上去，用手按按那张桌子，又用指头弹弹桌面，桌面当当响。

"多好的红木！"老头儿得意地说，"现在你到哪儿买这么好的八仙桌去！"

那么说，"把房子叠巴叠巴，"就是把房子也这么"啪"地一拍，拍成扁片片，叠起来……

"我常把房子叠起来揣在怀里。"怪老头儿说，"这么着，出门儿放心。"

真是这样一回事！

怪老头儿搬过一个小板凳，踩上去，把挂在房梁上的一个鸟笼子摘下来。那里头有两只漂亮的小鸟，正嘀溜嘀溜地唱着歌。

"你敢不敢吃鸟儿？"怪老头儿问我。

"吃鸟儿是野蛮的！"我说，"鸟儿对人类有益处。"

"有什么益处？"

"它们吃害虫！"

"关在笼子里，它们怎么吃害虫？我还得天天喂它们，怪麻烦的。你吃下去，让它们在你肚子里吃害虫多好！"

"活吃啊？"

"多明白呀！煮熟了吃，它们还能捉害虫吗？"

怪老头儿打开鸟笼上的小门，抓出一只鸟儿就往我嘴上送。我急了，想逃，可是怪老头儿放下鸟笼，一把揪住我的领子，硬把小鸟塞进我嘴里，我一喊，小鸟儿就下去了。

"你们小孩子就是这样子——治病啊，打针哪，什么的，都不乐意，都得硬逼着才干！给你们当爸爸妈妈，多麻烦。要叫我，才不给你们当爸爸妈妈哪！"

怪老头儿一边说，一边把第二只小鸟也弄到我肚子里去了。我吓坏了，呆呆地站在地上，觉得两只小鸟在我肚子里飞。我的肚子疼得厉害，"哎哟哎哟"叫起来。怪老头儿说：

"没事儿，都这样儿！好比打针，扎的时候特别疼，扎完了，病就好了。你要是老怕疼，肚子就好不了。"

疼了一会儿，果然不疼了。

"我怎么说来着？一点儿也不疼了吧？"怪老头儿摇头晃脑地说。

"可是……它们怎么出来？"

"你说小鸟儿啊？必定是虫儿还没吃光。吃光了，你彻底好了，它们自己就飞出来啦！"

"我是说，它们怎么出来。"

"这就看它们高兴了。也许还从嘴里飞出来，也许是在你上厕所的时候。再不就是，它们啄个洞出来——没关系，很小的小洞！"

我喊起来："那可不成！多小也不成！"

怪老头儿说："这种可能性不大。它们心地善良，不好意思把人家肚子咬个窟窿。不过，要是肚子里的虫儿吃光了，它们又一时不想出来——你知道，外头污染太厉害，它们不乐意出来让烟熏，还有些坏小子总拿气枪打它们，那可就麻烦点儿了。也没准儿它们饿极了，乱啄一气。"

"那可怎么办？"

"没事儿！两天以后还不出来，你每天吃点儿虫子。最好是活虫子。"

"那多难吃啊！"

"再不，小米也成。生小米，用清水泡泡，像吞药似的吞下去。一天三次，每次一千粒。"

我妈妈的粮柜里倒是有半口袋小米。不管怎么说，肚子不疼了，麻烦点儿就麻烦点儿吧！

我谢过老爷爷，回家了。

第二天上午上课的时候，两只小鸟忽然嘀溜嘀溜地唱起歌儿来，我吓坏了，赶紧向四周看。还好，同学们都把头扭向窗户，盯着窗外那棵老槐树。吴老师也停下来，朝窗外看。她侧耳听了一会儿，轻轻地说：

"多好听啊……我一下子想起小时候来了。那时候咱们这儿有好多树，有好多鸟儿唱歌……"

只有我的同桌李明没往外看。他偷偷向我挤挤眼睛，小声说："你可骗不了我！"他把手伸到我书桌里摸索，接着，又挨个儿翻我的衣袋。

"真怪！"最后，他使劲挠了挠头，作罢了。

大小刘阿财

〔中国台湾〕黄基博

年轻的刘阿财先生，穿着他仅有的、最好的装束：紫色的外衣，蓝色的长裤，漂亮的皮鞋，走出家门，要去车站坐车。

太阳光很强，照得他的头有一点不舒服。他希望有一朵云飘过来，为他遮凉。

他仰起头来看看天空，太阳突然不见了。

咦？刘阿财惊异极了。

没有太阳了，一下子凉爽起来。刘阿财正想继续走他的路，低头一看，使他更为惊奇。

原来向前伸展的路没有了。一条绿色的、美丽的路横在他的面前。不知从哪里来，不知通到哪里去。

"叭叭——"

刘阿财正在惊疑间，忽然听到汽车的喇叭声，定神一看，一辆圆滚滚的，像个大球似的黄色汽车，停在他的眼前。

"这是什么车子呀?"刘阿财好奇地自语。

"这是回忆汽车。"

一个穿着白纱绸的年轻美丽的女郎，站在汽车的旁边回答他的话。

"你是谁?"刘阿财问。

"我是女神。"女郎回答。

"这是多么好玩的事啊!"

刘阿财欣喜地说着，立刻就上了汽车。

女郎不见了，车子的马达很自然地"噗噗噗"自己发动了。

一眨眼工夫，这辆没有人驾驶的汽车便停了下来。

刘阿财探头向外一看，路旁有一个招呼站牌子："童年十岁站。"

他走下了车，童年的家便在他的眼前。

母亲在门前的水池边洗衣服。是刘阿财十岁时的样子。

二十八岁的刘阿财认识她，她却不认识二十八岁的刘阿财。

"阿财在家吗?"刘阿财问她。

"他大概和邻居的阿雄到外面野去了。"母亲说。

"喔! 今天是星期日，他准又去学校玩玻璃珠了。我去找他。"

刘阿财想起十岁时的他自己，是最喜欢玩玻璃珠的。

"唉! 我那阿财呀，从来就不肯待在家里读书，或帮助我做点什么。"母亲叹着气说。

刘阿财走到学校，果然见到十岁的阿财在玩玻璃珠子。

"小阿财！你过来！"

刘阿财看到他从前的自己，这样贪玩，这样不用功，非常生气地吼了一声。小刘阿财战战兢兢地走到这位陌生的年轻人身边，疑惑地问他："先生，您是谁呀？"

"哼！你不认识我吗？我是你呀！告诉你，我是二十八岁的你。过来！"

刘阿财一把抓住了小刘阿财的衣领，带他到石凳旁，坐下来。

玩玻璃珠子的孩子们觉得这位陌生的年轻人多古怪呀！大家都以奇异的眼光盯着他，都怕他几分。

"小阿财！你瞧瞧！你在地上滚得衣服脏透了。你可想到，妈洗你的脏衣裤，洗得手酸背疼吗？"

小刘阿财没把陌生人责备的话听进耳朵里，却目不转睛地望着他，半信半疑地问：

"先生，您确实是我二十八岁时的我吗？"

刘阿财肯定地点了一下头。

"啊！如果真是这么回事，那我太高兴了！我再过十八年，就长得跟您一模一样。多么年轻漂亮！多么英俊潇洒啊！"

小刘阿财手舞足蹈起来。

"哼！你高兴什么？我现在只是一个小学校的工友罢了。你也要当工友吗？当工友你就很快乐，很满足吗？"

小刘阿财被浇了一盆冷水，不免大失所望，露出了痛苦的表情。

大刘阿财握起小刘阿财的手，安慰着：

"小阿财，不要失望，我们不会永远这样的……"

大刘阿财的话还没说完，眼前就出现了一个很大的飞机场。

机坪上停着一架银色的像火箭般的迷你飞机。

那个白衣女神又来到他们的面前。

"这是你们的'憧憬飞机'，你们赶快上飞机吧！"

大刘阿财和小刘阿财都还不曾坐过飞机，手拉着手高高兴兴地上了飞机。

"憧憬飞机"起飞了。

一眨眼工夫，就到了另一个机场，航空站的楼房有几个大字："五十九岁机场"。

"欢迎你！年轻的先生。我是你未来的我呀！今天你特地来看我的吗？谢谢你。"

当他们走下飞机，就有个蓬头垢面，衣衫褴褛，手拄拐杖的老乞丐前来向他们说话。

大刘阿财吓了一大跳，倒退了两步，惊讶地反问他：

"你说什么？你是未来的我吗？"

老乞丐点点头。

大刘阿财心里便生出万种愁绪。

小刘阿财却泪流满面地把身上的十块钱，默默无语地施舍给了老乞丐。

"年轻的先生，我才是未来的你呀！欢迎你。"

一位白发皤然的百货公司董事长，从红色的小轿车上下来，跟大刘阿财握了握手。

大刘阿财一时被搞糊涂了。

他想：怎么未来的我会有两个呢？他来不及开口问原因，又听到说话的声音：

"年轻的先生，我才是未来的你呀！我现在已经为你成名了。你高兴吗？"

说话的是架着眼镜的老作家。

大刘阿财觉得很意外，心想：怎么未来的我会是个作家呢？

老作家的后面，又有一群人向大、小刘阿财围上来，有二三十个，都是老人。

有相命的、有卖膏药的、有药师、有学人、有电影明星、有医师、有商人、有校长……

奇怪的是，他们也都硬说是未来的刘阿财，争着要欢迎招待这二位远道的嘉宾。

这时候，"憧憬飞机"的引擎忽然转动起来，女神再一次出现在他们中间。

女神说："你们已经看到你们的将来了，不要多耽搁，赶快上飞机回去吧！"

于是他们匆匆向那群老人挥手，说再见。搭上了"憧憬飞机"返航。

"阿财先生！"小刘阿财在机上对大刘阿财说，"怎么那么多样的人，全是将来的我们呢？"

　　"我也不大清楚，"大刘阿财回答，"我想，那二三十种人，都是我们可能变成的，或是可能做到的。我们的'从前'是一定的，我们的'将来'是没有一定的，全看自己怎样去想，怎样去做。"

　　忽然，飞机不见了，小刘阿财也不见了。

　　太阳又出来了。

　　刘阿财仍旧走在路上，太阳照得他有点晕痛。

哈克和大鼻鼠

〔中国〕葛冰

一

交通警哈克患了严重失眠症。他被一些烦恼的事情搅得整夜睡不着觉。

他望望窗外弯弯的月牙儿，又望望漆黑的天花板，发狠地闭上眼睛，想按照医生的吩咐默默地数数字，据说这是治疗失眠的有效方法。可是哈克一数，竟数成了"绿灯，黄灯，红灯……"而且每数到红灯，他就产生条件反射，"霍"地跳起来紧张地东瞅西瞅，看看有没有谁违反交通规则。

哈克被折腾得筋疲力尽。突然，他听到床底下有窸窸窣窣的声音。是贼吧？警察特有的敏感使他紧张起来。他轻手轻脚地趴在地上，向床下望去：哦！是两只老鼠在聊天。一只是普普通通的灰老鼠；另一只白老鼠，模样滑稽极了，鼻头特别大，就像嘴上顶着一枚大白杏。

灰老鼠瞪着眼说："哥们儿，给咱闻闻，月亮什么味儿？"

哈克吃了一惊，那老鼠能闻到远隔几百万公里的月亮的味儿？

只听大鼻鼠嚼着大舌头说："得先找到月亮的影子才行。"

哈克慌忙爬起来，闪到门背后。

两只老鼠从床底下钻了出来，在脸盆里找到了月亮的影子，黄澄澄的，弯弯的，挺像一枚香蕉。于是大鼻鼠吸着鼻子，趴在脸盆边上，使劲闻了闻，兴奋地大叫起来："哦！月亮的这面是菠萝蜜味！"

"好极啦！"灰老鼠乐得拍着掌，又急切地追问，"另一面呢？是不是黄油奶酪味？"

大鼻鼠又憋足了劲，胀圆了脸，猛一吸鼻子，细细地品了又品，懊丧地嘟囔着："耗子药味！"

"你胡说！"灰老鼠失望地叫，"你一定闻错啦！""没错！你知道，我的鼻子能闻到'超味波'！"大鼻鼠十分认真地说。

超味波？哈克心里一动，只听说过超声波，那是人听不到的声音，那么超味波，大概也是人闻不到的味吧？

灰老鼠淌着口水："那你再闻闻地球上有什么别的味。"

大鼻鼠吸了又吸："非洲在打仗，机关枪手榴弹味。"

"我可不喜欢战争！"灰老鼠不耐烦地嚷，"最好闻吃的！"

"蜜饯味！蜜饯味！"大鼻鼠咂着嘴，"交通局局长这会儿正在被窝里嚼蜜饯……是桃蜜饯。"

"近处的呢？这屋里的，马上能找到的。"

大鼻鼠原地转了个圈，突然笑起来："唔，这屋里可有不少好吃的呢。但最好吃的还是哈克的耳朵，虽然那耳朵挺讨厌，喜欢偷听别人的话，但吃起来还是蛮香的。"原来，大鼻鼠已经闻到了藏在门后的哈克，故意拿他开心。

哈克生气地捂着耳朵从门后跳出来，大喝一声。两只老鼠扮个鬼脸，嘻嘻哈哈逃跑了。

二

哈克警察挺着胸，腆着肚，精神抖擞地向局长办公室走去。他不愁了，他已经想出了解决那些烦恼问题的好主意。

哈克在全市最热闹的十字路口值勤，这里平均每天要过五十辆救火车，八十辆警车，一百二十辆救护车。这些车响着警铃，风驰电掣般地冲过路口，使其他车辆排成了十里长龙。

其实，城里并没有那么多火灾，也没有那么多犯人、病人，这些车上运的大多是鱼、肉、电视机……可哈克怎么知道？他试着拦过几辆检查，恰恰车上是快断气的病人。病人家属咬牙切齿，恨不得跟哈克拼命，他还敢再拦车吗？

哈克进了局长办公室，局长正怒气冲天，一看见哈克，就指着四周堆得几乎把他埋起来的信件说："哈克，这些信件都是指责你的！听听，"他随手抓起一封信，"我送我的孩子去考幼儿园，可是在十字路口耽误时间太长了，等过了马路到达幼儿园时，孩子已经长出胡子，该进敬老院了。还有……"局长又抓起一封信，"我是穿着短袖衫开车到这儿的，可到了冬天飘大雪花了，还没轮到我过马路呢，快冻死我了，真不像话！"

"我请求给我派个助手。"哈克不动声色地说。

哈克果断地说："我要的是一只老鼠！"

"什么？老鼠当警察？"局长眼睛瞪得溜圆，"你发昏了吧？"

"这是一只不寻常的老鼠！"

"不寻常又怎么样？难道它能……"

哈克打断了局长的话，微笑着问："您昨天夜里吃蜜饯了吧？而且是桃蜜饯！"

"啊？"局长吃惊了，惶惑地看着部下。

"还是在被窝里！"哈克故意加重语气。

"哦，哦，哦……"局长的脸红得像面旗。

"这都是一只大鼻鼠闻出来的，他能闻到超味波。如果您不反对，我建议给他专做一套特小号警服……"哈克把一切都告诉了局长。

"好，我这就写委任状。"局长抹着脑门上的汗，心里扑通扑通直跳。他昨晚是抠完脚丫子后吃蜜饯的，这要是被闻到了，抖搂出来可不得了。

三

大鼻鼠被哈克警察从床底下的鼠洞里请了出来，穿上漂亮的小警服，神气活现地坐在十字路口的警亭里，隔着玻璃看着柏油马路上来来往往的车辆，身旁放着操纵红绿灯的按钮。

"日日——"一辆白色救护车尖叫着，车顶上的蓝灯陀螺似的打着旋，直冲过来，其他车辆吓得忙向一边闪。

大鼻鼠猛一吸鼻子："唔，是鱼味!"他用前爪尖使劲一按电钮，绿灯变成了红灯。

站在警亭边的哈克忙冲上去，拦住救护车，打开后门一看，哈!满满的一车鲜带鱼。

"哦，你的带鱼病啦!"哈克得意地讥笑。

"嘻嘻!您老是不是也来几条?"司机尴尬地讪笑道。

"少废话! 拿执照来，罚款!"

这一天，哈克拦住了四十辆救护车，全是运吃的：香肠、火腿、苹果、罐头……

"嘿嘿，隔着铁皮你也能闻到味?"哈克笑得合不拢嘴。

"小事一桩，白玩!"大鼻鼠吹得神气活现。

这一天交通秩序极好，局长奖给哈克一枚勋章，哈克把勋章送给了大鼻鼠。一转眼，大鼻鼠就把勋章换了炸花生米。

"我不要荣誉!"他急急忙忙地嚼着花生米说。

第二天，"日日——"那辆救护车又响着笛冲过来了。好大的香油味，连哈克都闻出来了。他正准备冲上去拦车，大鼻鼠却在警亭里慌慌张张地按亮了绿灯，还跳着脚叫："快！快走！快走！"

司机扮个鬼脸，得意扬扬地开走了，哈克气得目瞪口呆。

接着，又过来一串救护车，大鼻鼠一看见，就浑身哆嗦地按绿灯，结结巴巴地叫："快！快走！快走！"

十字路口又乱成了一锅粥。

"怎么搞的？你的鼻子不灵了？"哈克气呼呼地冲进警亭，"有几辆我明明看见装的是活鱼，可……可……"

大鼻鼠结巴着说："您不知道，车，车里有，有猫，我都闻见猫味了。"

哈克明白了，原来每辆救护车里都放了一只猫，那些人真狡猾。

哈克又去找局长："我请求，给大鼻鼠配备一支小手枪。"

"要枪做什么？"局长疑惑不解地问。

"报告局长，为了防止猫的袭击！那些开救护车的司机每人都带了一只猫。"

局长恍然大悟，难怪他家的猫昨天突然不见了，大概也被司机们抓走了。

于是，大鼻鼠的腰带上又挂上了一把精致的超小型手枪。他成了这条街上唯一的武装交通警。

四

大鼻鼠有了这把超小型手枪，更神气了。虽然子弹只像颗黄豆粒，打不死人，但上面带有麻醉药，能使人像喝醉了酒似的倒在地上。

从这以后，猫经过这儿，都绕着弯走。司机们也都不敢带猫了，交通秩序井然。

一过半年多，大鼻鼠竟没有开过一枪，他的手有点痒痒了。他真想打个东西瞄准，打一枪过过瘾。

一天，他正在街上大模大样地走着，看着自己一身威武的装束，心里美滋滋的。"哈哈！我是武装警察，汽车都得听我的！"他响亮地拍拍身上挎着的小手枪。

突然，大鼻鼠一吸鼻子，眼珠一亮。原来他闻见马路边的林荫道上，一个穿开裆裤的小男孩正在玩电动小汽车。一按电钮，白色的小汽车"嘀嘀"地往前跑。

哈，小汽车！要是坐上这玩意儿，值勤多神气。大鼻鼠凑了过去。"借咱玩玩！"他眼馋地说。

小男孩瞟他一眼，不理睬他，又低下头玩自己的，

小汽车真好玩，大鼻鼠呆呆地看着，简直有点迷住心窍了。他心里冒出了个坏主意。

"我走了。"他假装说。这会儿，他本来应该去十字路口的警亭

里值班，可他没有去，却转了个弯，悄悄溜回来，藏在一棵树后，掏出了手枪。

小男孩用屁股对着他，一点没有发觉。

大鼻鼠瞄着小男孩开了一枪，立刻腾起一片烟雾，小男孩晕倒了。烟雾散后，大鼻鼠不见了，电动小汽车也不见了。

五

大鼻鼠心惊胆战地在警亭里值班，他怕穿开裆裤的小孩来找他，故意把帽檐压得低低的，遮住了眼睛，心里想："嗯，我看不见他了！他也一定看不见我。"

好不容易熬过了一天，他慢吞吞地回到家。一进门，他的脸都吓白了，原来哈克先生正在玩那辆电动小汽车呢。大鼻鼠本来是把它藏在床底下的，不知怎么叫哈克翻出来了。

"哪儿来的？"哈克指着小汽车问。

"一个……小孩……送的。"大鼻鼠撒着谎，大鼻头红了，像一只熟透了的杏子。

可是，哈克没再吭声，大鼻鼠放心了。第二天，他开着电动小汽车上班了。汽车皮让他用墨水染成了蓝色的。

第三天，大鼻鼠用小汽车运回了三瓶化妆品——乌发乳、润发香波和增白粉蜜。他能想象出一个化了妆的大鼻鼠乘上这电动小汽车是多么威风。

"哪儿来的？"哈克又问。

"一位太太送的。"大鼻鼠沉着地回答。

哈克先生又不吭声了。

第四天，大鼻鼠又运回了两筒巧克力豆，三袋琥珀花生。

哈克先生都懒得再问了，反正大鼻鼠认真执勤就行，他的任务一直完成得蛮不错嘛！

不知从哪天开始，城里的人发现了一个古怪的现象：他们总是丢东西，而且贼几乎有一双能透视一切的眼睛。无论人们把东西藏在什么地方，总是被偷走。到警察局报案的人排成了长队。警察局长来找大鼻鼠了。

"大鼻鼠先生，听说你的鼻子能闻到超味波？"

"是的，是的。"大鼻鼠连忙点头。

"我们想请你协助破案！"警察局长说明了案情。

"好，好！"大鼻鼠一边答应，一边东张西望地闻起来。

"唔！闻不到，闻不到，"他连连摇头，"恐怕这个罪犯已经不在地球上了，说不定已经飞出太阳系了。"

"嗯？"警察局长简直不相信自己的耳朵。

"绝对如此！"大鼻鼠蹬着腿高声嚷，不小心一抬屁股，露出尾巴来，有一串五颜六色的东西在闪亮。

警察局长大吃一惊，那些丢失的最名贵的戒指原来都戴在大鼻鼠尾巴上呢！

"原来是你，人赃俱获！"

大鼻鼠被逮捕了。原来，他利用超人的嗅觉，成了一名大盗贼。而且，他恶习难改。在监狱里，他偷了看守的烟斗；在法庭上，他偷了法官的眼镜。他简直是闻到什么就偷什么。

没办法，法庭最后只好判决割掉他的鼻子，尽管这是一只立过功的、有光荣历史的鼻子。

在医院手术室里，当哈克先生看见穿白大褂的医生把手术刀伸向大鼻鼠的鼻子时，他掉泪了。他真后悔，要是他早一点管教大鼻鼠，何至于会落到今天这地步呢？

后　记

　　喜好幻想，追求新奇是孩子们的天性。在众多的文学样式中，最具幻想特征的是童话。但童话有的重情节，有的重形象，有的重意境……针对孩子们爱听、读故事的普遍心理和审美特点，我们着眼于生动有趣的故事，在世界范围内选辑了当代优秀童话76篇，是谓《新奇特幻想故事》。入选作品都以幻想超拔、故事迷人、新鲜有趣为突出特点，又从内容相对分为三辑，即《绿脸人》《有绰号的螃蟹》《大鼻国历险记》。相信这些作品会在小读者津津有味的阅读中，显示出特有的艺术魅力。

　　当代的界定，按照通例，在外国文学范围是指1945年二战结束以来，而在中国文学则指新中国成立以来，这是我们选文的时限。

　　有不当之处，恳请读者批评指正！

　　在本书的编选过程中，我们已先后和一些作者、译者取得了联系，得到了他们的热情支持，我们深表感谢！但是还有一部分译者、作者由于没能找到他们的通信地址，一时无法和他们联系上，而出版时间又很紧迫，我们只好在未能取得同意的情况下，先选用了这些作品。我们想，为孩子们提供优美的精神食粮，是我们的共同心愿，这套书将会成为我们共同心愿结成的纽带。希望这些同志见书后，即来信告知您的通信地址，以便我们在致歉道谢的同时，及时奉上稿酬。